썬데이 파더스 클럽

SUNDAY FATHERS CLUB

육아일기를 가장한
아빠들의 성장일기

강혁진 · 박정우 · 배정민 · 손현 · 심규성

썬데이 파더스 클럽

창비

프롤로그

마흔이 되던 해에 아이가 태어났다.

아이를 낳고 주변 사람들에게 가장 많이 들었던 말은 '꼭 동영상을 찍어두라'는 것이었다. 사진으로는 미처 담기 어려운 아이의 목소리와 발걸음 그리고 작은 손짓을 생생하게 그리고 오래 기억할 수 있는 방법이기 때문이다. 조언 덕에 틈틈이 동영상을 찍고는 하는데 종종 아이의 몇 개월 전 얼굴을 찾아보는 재미가 쏠쏠하다.

사진과 영상은 보이는 모습을 담는 좋은 그릇이다. 하지만 그 그릇에도 미처 담을 수 없는 것이 있다. 바로 사진을 찍고 영상을 촬영하는 그 순간의 '나의 마음'. 아이를 낳아 키우며 여러 감정을 느낀다. 아이의 얼굴을 보며 느끼는 기쁨, 육체적 피곤함과 부모가 되었다는 부담감, 말로 설명하기 어려운 복잡 미묘한 감정들까지. 아이를 키우며 느끼는 다양한 생각과 이야기를 오롯이 담을 수 있는 건 아무래도 글이 제격이라 생각했다.

'인간 강혁진'이라는 이름으로 뉴스레터를 운영한 적이 있었다. 일상에서 느꼈던 다양한 감정과 경험을 공유했다. 77주간 매주 600명이 넘는 사람들에게 메일을 보냈다. 종종 "꾸준히 글을 쓰면 어떤 점이 좋은가요?"라는 질문을 받는다. 답변을 생각하다가 어느 날 「세바시」 유튜브 채널에서 글쓰기에 대한 이슬아 작가의 말을 듣고 무척 공감했다. 그는 글을 쓰다 보면 어쩔 수 없이 마음도 부지런하게 쓰게 되는 것 같다며, 글 쓰는 일은 무언가를 허투루 지나치지 않고 다시 알아보는 일이라고 말했다. 그리고 덧붙였다.

> "글을 쓰는 날에는 어쩐지 인생을 두 번 사는 느낌도 들더라고요. 하루가 두 번씩 재생되는 느낌이랄까요. 그러니까 겪으면서 한 번, 해석하면서 한 번. 이렇게 인생이 좀 두 배로 풍부해지는 느낌도 들었습니다."

이슬아 작가의 말처럼 글을 쓴다는 건 어쩌면 '삶을 두 번 사는' 유일한 방법일지 모른다. 남의 아이는 빨리 큰다고 하는데, 빨리 크는 것이 비단 남의 아이만은 아니더라. 내 아이도 자고 일어나면 부쩍 커 있다. '아니 얘 허벅지가 이렇게 두꺼웠나?' '아니 이 아이 손이 이렇게 컸다고?' 눈 깜짝할 새에 쑥쑥 커버리는 아이와의 일상을 오래 기억하는 방법이 있을까? 아이와의 기억들을 글로 남기는 것, 어쩌면 그것이 답일지 모르겠다고 생각했다.

혼자서 쓰기보다는 여럿이 쓰는 것이 조금 더 오래, 의미 있게 쓰는 방법이라 생각했다('인간 강혁진'을 쓰면서 혼자서 글쓰기를 이어가는 것이 얼마나 힘든 일인지 깨달았다). 누구와 쓰면 좋을까? 육아 경험이 있으면서 글쓰기를 꾸준히 하고 있는 지인을 떠올려봤다. 가장 먼저 생각난 건 정민이었다. 대학 시절부터 알고 지낸 정민은 남매를 키우고 있었다. 아버지를 그리워하는 마음을 담아 책을 펴내기도 했고, 온라인 콘텐츠 플랫폼에 글을 연재한 경험도 있었다. 정민과 거의 동시에 머릿속에 떠오른 사람은 현이었다. 현과는 꽤 오랜 기간 온라인 친구로 지내왔다. 딱히 교류는 없었지만 서로의 생각과 일상은 각자가 남기는 글을 통해 알고 있던 터였다. 현 역시 꾸준히 콘텐츠 에디터로 근무하며 글을 짓고 있었고, 책을 출간하기도 했다. 이제 막 돌이 지난 아이도 키우고 있었다. 게다가 현과 정민은 온라인상에서는 구면이었다. 자연스럽게 식사 자리를 만들었다. 셋이 함께 모인 자리에서 육아일기를 써보지 않겠냐고 제안했다. 예상대로 둘은 흔쾌히 수락했다. 현의 지인인 규성과 현의 고등학교 동창 정우가 뒤이어 합류했다. 그렇게 다섯 명의 아빠들이 모였고 한 주씩 돌아가며 육아일기를 쓰기로 했다.

모였으니 뉴스레터의 이름을 정해야 했다. 수십 개의 후보가 있었다. 사는 곳이 다 제각각이어서 늦은 밤 온라인 화상회의로 아이디어를 나눴다. 순한 맛과 매운 맛을 구분해가며 우리의 이름을 정했다. 최종적으로 선택된 건 '썬데이 파더스 클럽'이었다. 정우가 던진 '부에나비스타 커피 클럽'에서 시작됐다. 글은 다섯 명이 쓰지만 글을 보는 모든 이들이 마치 자기도 이 클럽의 일원이 된 것 같은 기분이 들었으면 했다.

글은 일요일 밤 9시에 보내기로 했다. 한 주를 마무리하고 누구에게도 방해받지 않는 시간. 출근을 앞두고 잠들기는 조금 아쉬운 시간. 어쩌면 육아를 마치고 휴식을 취하는 이른바 '육퇴' 시간. 일요일밤 9시는 우리의 레터를 읽기에 딱 좋은 시간이라 생각했다(하지만 일요일 밤 9시에는 여전히 육아에 매달려 있는 것인지 많은 사람들이 월요일 오전에 읽고 있다).

그렇게 시작한 연재가 벌써 1년 넘게 지속되고 있다. 다양한 연령대, 성별이 다른 아이들을 키우는 아빠들의 글이다 보니 많은 구독자의 공감을 얻고 있다. 구독자들로부터 받은 답장이 200개가 넘는다. 구독자의 대부분은 아이를 키우는 엄마들이지만 아이를 키우는 아빠들, 심지어 미혼 구독자도 적지 않다. 1,600명의 구독자들이 매주 지켜봐주신 덕에 아직도 꾸준히 글을 쓰고 있다. 그리고 이 책에는 '썬데이 파더스 클럽'이라는 이름으로 발행했던 레터 중 독자들에게 꼭 전하고 싶은 내용들을 담았다.

썬데이 파더스 클럽을 시작하며 멤버들이 다짐한 것이 있다. '육아일기만 쓰고 육아는 하지 않는 아빠'가 되지 말자는 것. 각자의 배우자들에게 '글 쓸 시간에 육아나 해라'라는 핀잔을 듣지 않기 위해 더욱 열심히 육아에 참여하려 노력했다. 그래야만 우리가 남기는 글에 진정성이 담길 테니까. 그래서 마지막 「Special Track」 장에는 배우자들의 글도 함께 실었다. 그들의 눈에 1년 넘게 육아일기를 쓴 아빠들은 어떤 모습으로 비쳐질까?

이 책은 가족들의 든든한 지원이 없었다면 절대 세상에 나올 수 없었다. 이 책을 그린, 민지, 영혜, 수현, 성은 그리고 우리의 아이들 이서, 동준, 동욱, 동율, 수현, 주은, 송이, 이현에게 바친다.

썬데이 파더스 클럽을 대표하여
강혁진

차례

(Track 1)

매일 새로운 세계에 입장합니다

Track 3

우리는 서툴지만 완전한 한 팀

Special Track

썬데이 마더스 클럽

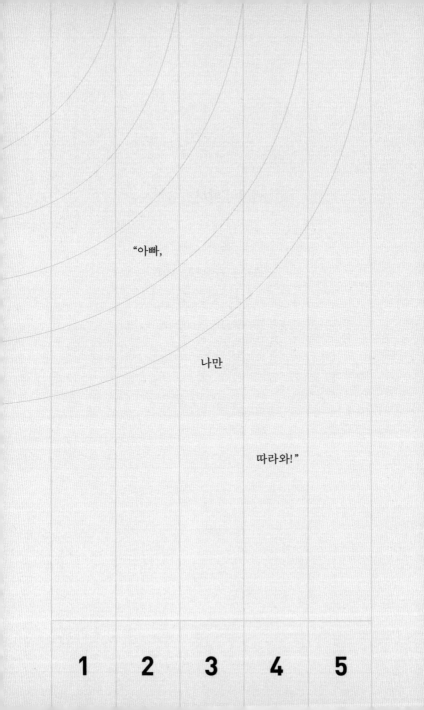

"아빠,

나만

따라와!"

1   2   3   4   5

매일
새로운 세계에
입장합니다

강혁진

아이,
가져야 할까?

아직 내 한 몸, 내 인생 하나
건사하기도 힘든데 누군가를 낳아
잘 키울 엄두가 나지 않았다

"아이, 가져야 할까?"

아내와 함께 시간을 보내는 것은 결혼생활에서 가장 즐거운 일이 었다. 매년 방콕과 도쿄를 찾았고, 단둘이 하는 여행에서 결혼의 기쁨 을 발견했다. 2세를 갖는 일은 두 사람이 해야 하는 많은 일 중 후순 위였다. 아직 가보지 못한 도시와 나라가 많았고, 매년 가야 할 도시 와 나라가 있었다.

주변에서 "아이는?"이라고 물으면 으레 "내년에"라고 답하곤 했다. 새해가 되어도 '내년에'라는 쉽고 간단한 답을 내세우며 아이 갖는 것을 미뤄왔다. 그리고 2020년, 코로나19가 찾아왔다.

더 이상 여행을 다닐 수 없었다. 여행은커녕 사람들과의 만남도 힘 들어졌다. 자연스럽게 아이를 갖는 것에 대해 생각하게 되었다. 아이를 고민하게 된 데에는 우리의 생물학적 나이도 한몫했다. 당시 아내는 30 대 후반, 나는 마흔을 바라보고 있었기 때문이다. 실제로 산부인과에 가보면 우리 정도는 그리 나이가 많은 부부는 아니다. 하지만 사회적 시선이나 생물학적 관점에서 보자면 아이를 가지기에 이른 나이도 아니었다.

아이를 갖는 일은 생각만큼 쉽지 않았다. 정확히는 '아이를 갖겠다 고 결심하는 것'부터 난도가 높았다. '왜 아이를 가져야 하지?'라는 의문부터 해결해야 했다. 정작 나는 '과연 한 생명을 내 마음대로 시 작해도 될까?'라는 근본적인 궁금증을 가지고 있었다. 아직 내 한 몸, 내 인생 하나 건사하기도 힘든데 누군가를 낳아 잘 키울 엄두가 나지 않았다.

결론부터 말하자면 이 질문에 대한 답을 찾고 아이를 가진 건 아니다. 아무리 고민해봐도 논리적이고 합당한 답은 찾을 수 없었다. 아이가 있어도 좋고, 없어도 좋을 것 같았다. 어떤 선택을 하더라도 행복한 삶을 살 수 있을 것 같았다.

고민을 함께 나누던 아내도 비슷한 생각이었다. 결국, 아내가 아이를 낳고 싶다고 했다. 그렇다면 아이를 가지지 않을 이유가 없었다. 어떤 얼굴과 목소리를 가지고 있을지 모를 우리의 아이를 갖기로 했다. 나중에 따로 이야기할 기회가 있을지 모르겠지만 나름 쉽지 않은 과정을 거치긴 했다.

2021년 7월, 드디어 사랑스러운 아이가 태어났다. 임신 기간 동안 많은 사람이 자신의 육아 경험을 떠올리며 경고 아닌 경고를 했다. 밤잠이 부족할 것이다, 네 인생은 이제 끝이다, 아들이라니 넌 이제 망했다 등 각양각색의 조언과 경고 사이 어딘가에 위치할 법한 이야기를 들었다. 너무 많이 듣다 보니 오히려 궁금해졌다. 어느 정도기에 그렇게들 말하는 건지.

아이를 키운 지 이제 20개월이 다 되어가고 있다. 다행히 아직까지 그렇게 힘든 시간을 보내고 있지는 않다. 처가의 도움을 받아 육아를 함께 하고 있기도 하고, 효자라고 부를 만큼 아이가 순하기도 한 덕이다. 그럼에도 체력적인 어려움이나 시간의 부족함을 느끼기도 한다. 대신 아이를 키우며 만나는 행복의 강도와 빈도가 생각지도 못하게 크고 높다. 쌍둥이를 낳은 지인이 해준 말이 있다. 아이를 낳기 전에 느꼈던 행복의 최대치가 100이라면 아이를 낳은 후 느낄 수 있는 행복의 최대치는 1,200 아니 20,000 정도는 될 거라고.

그 말의 진가를 새삼 느끼고 있다. 아이의 깔깔대는 웃음이, 나의 몸에 닿는 작은 손짓이, 자면서 내는 새근거리는 소리가 내가 가진 행복이라는 그릇의 크기를 조금씩 넓혀주고 있음을 매일 느낀다. 회사에서 일을 하다 보면 종종 나도 모르게 "아, 아들 보고 싶다"라는 말이 입 밖으로 나온다. 그럴 때면 핸드폰 배경화면에 있는 아이의 사진을 보거나 사진첩을 열어 찍어둔 사진들을 본다. 이만큼 나에게 큰 웃음과 충만한 행복감을 주는 존재가 또 있을까? 그 때문인지 '과연 내가 한 생명을 내 마음대로 시작해도 되는가?'라는 질문은 머릿속에서 잊힌 지 오래다. 이제는 '나를 행복하게 만들어주는 이 생명을 소중히 키워내려면 어떻게 해야 할까?'라는 숙제가 앞선 질문의 자리를 차지하고 있다. 어쩌면 이 숙제를 푸는 것이 앞선 질문에 답하지 못한 내가 해야 할 최선의 행동이자 의무라 믿는다. 질문에 답하지 못한 부채감이 숙제에 대한 책임감을 키우는 것 같기도 하다. 그러나 기꺼이 받아들이고 싶은 숙제다. 앞으로도 매일 기쁜 마음으로 숙제를 풀 듯이 아이를 대할 것이다.

심규성

준비되지 않아도
괜찮아

육아의 현실에서
준비와 계획만큼
무용한 단어가 없다

난 준비되지 않은 아빠였다. 결혼 전에 아기를 가진 우리 부부는 결혼생활이 무엇인지도 모른 채 덜컥 부모가 되었고, 의사 선생님이 알려준 데드라인에 쫓기며 출산과 결혼 준비를 했다.

심지어 야근과 철야가 종종 이어져 가뜩이나 부족한 준비 기간 동안 대부분 회사에 있었고, 아빠 공부를 해야 할 시간에 클라이언트 공부를 할 때가 더 많았다. 당시 예비 부모로서의 몰입도를 당근마켓의 매너온도로 바꿔 말한다면 아내는 99.9도, 나는 29.9도였을 것이다.

계획과 준비를 미루고 무엇이든 눈앞에 보여야만 하는 내 'ISFP'적 성향은 때때로 아내의 간담을 서늘하게 만들기도 했다. 아이가 집으로 온 첫날, 첫 기저귀를 갈았던 순간이 그랬다.

전날까지 기저귀가 넉넉한 걸 확인하고 안심하며 잤던 나는, 막상 다음 날 아이에게 입히려고 포장을 뜯는 순간 그 모든 기저귀가 신생아 몸에 너무 큰 2~3단계 사이즈임을 알게 되었다. 만약 경력직 아빠였다면 2단계든 3단계든 대충 입혀놓고 대책을 마련했겠지만, 당시에는 뭐든지 매뉴얼대로 해야만 마음이 편안한 왕초보 부모였기에 맞지 않는 기저귀를 내 아이에게 입히는 건 있을 수 없는 일이었다. 결국 나는 곧바로 주차장으로 뛰어내려가 시동을 켜고, 인근 편의점과 동네 마트를 방방곡곡 돌아다니다가 왕복 40분 거리에 있는 대형 마트에서 원하는 사이즈의 기저귀를 발견하고서야 마음의 평화를 찾았다. 돌이켜보면 참으로 식은땀이 났던 내 아이의 첫 집들이었다.

그로부터 19개월이 지나고, 당시 육아에 무관심했던 아빠는 용감하게 대한민국 남성 100명 중 4명만 쓴다는 육아휴직(2021년 통계청 자료 기준)을 내고 주부 아빠가 되었다. 아이는 마치 나의 부끄러운 과거를 숨겨주듯 여전히 초보인 아빠 손에서도 무탈하게 잘 자라고 있다. 때로는 육아휴직 내내 재미없이 구는 아빠에게 되레 재미를 선사해주면서 내가 좋은 아빠인 것처럼 느끼게 해줄 때도 많다.

아버지가 된다는 건 무엇일까. 아직 '아버지 세계'의 신입사원인 사람이 그 답을 내린다면 그건 오답일 확률이 높다. 다만 2년 차가 되어서야 알겠는 건 그때 더 오랜 시간, 더 많은 준비를 했더라도 난 준비된 아버지가 될 수 없었을 거라는 사실이다. 적어도 영유아 육아의 현실에서 준비와 계획만큼 무용한 단어가 없기 때문이다.

전날부터 애써 준비한 이유식은 아이의 이유 없는 단식투쟁으로 주인 없는 음식이 될 때가 많고, 아이의 규칙적인 생활을 위한다고 계획한 낮잠 시간은 절대, 결코, 도무지 잠들지 않는 아이로 인해 오히려 부모의 인내심을 시험하는 시간이 된다.

야심차게 계획을 세워 나들이에 나서도 아이가 카시트 또는 유아차에서 숙면을 취하는 바람에 아무런 성과 없이 집으로 올 때가 부지기수며, 친환경에 디자인도 이뻐서 산 해외 직구 장난감은 '뽀로로'와 '핑크퐁'에 밀려 중고시장으로 직행한 적이 대부분이다. 무엇보다 아이가 양육자에게 줄 수 있는 가장 큰 선물이자 시련 중 하나인 웃음과 울음은 예견이나 계획이 불가능하다.

지나고 보니 알게 된 한 가지 진리는 준비된 지식이나 완벽한 계획을 이기는 건 '부모의 몰입'과 '함께하는 시간'이라는 점이다. 만약 그때 내가 육아 공부도 많이 하고 필요한 모든 물건을 철저하게 준비했더라도 출산 이후 아이에게 쏟는 시간보다 일에 쏟는 시간이 더 많은 아버지의 삶을 살고 있다면 과연 아이와 지금과 같은 친밀감을 가질 수 있을까?

반대로, 아이 곁에서 지금처럼 시간을 보내며 일상이 추억이 되는 순간을 쌓아나갈 수 있다면, 아이에게 '준비된 아빠'는 아닐지라도 '필요한 아빠' 소리는 들을 수 있지 않을까? 휴직을 하고 육아에 뒤늦게 몰입 중인 지금의 나처럼 말이다.

얼마 전 아이가 낮잠 잘 때 핸드폰을 하다가 자석처럼 이끌려 본 다큐멘터리가 있다. 제목은 '아빠Dads'. 육아에 진심인 현시대 아빠들의 이야기를 미국 유명 아빠 배우들의 인터뷰와 함께 다큐멘터리로 엮은 작품이다.

이 다큐멘터리의 메시지는 단순하다. 좋은 양육자가 되기 위한 비결은 남자 여자와 같은 성별이 아닌 관심과 의지에서 찾아야 한다는 것이다. 아빠 엄마 역할을 나누고 둘을 다르게 정의하는 건, 가정이 아닌 사회와 직장에서 편의상 일어나는 일이고, 아빠에게 아이를 맡기면 아이를 망친다는 말 역시 과학적 근거가 없는 누군가의 핑계에 불과하다고 다큐멘터리는 말한다. 보수적인 사회관념을 뚫고 전업 육아를 하는 일본인 아빠의 이야기에서도, 아이 셋의 육아를 전담하는 주부 아빠의 이야기에서도, 아빠만 둘인 동성 커플의 이야기에서도 엄마의 부재는 느껴지지 않는다.

실제 6개월간 스스로 엄마와 같은 역할을 수행하고 육아에 전념하다 보니 아이에 대한 관심과 사랑이란 영역에는 그 어떤 조건이나 자격이 필요 없다는 생각이 든다. 비록 아빠가 만든 밥보다 엄마가 만든 밥이 더 맛있을지는 몰라도, 아빠가 주는 사랑과 엄마가 주는 사랑이 느낌이 다를 수는 있어도, 아이는 엄마 옆에서도 잘 크고 아빠 옆에서도 잘 큰다. 그 아빠가 육아휴직 중이든 아니든 본인을 대하는 순간이 진심이라면 아이는 그걸 본능적으로 알아챈다. 인간 대 인간끼리 마음으로 소통할 수 있음을 보여주고, 사랑으로 대한다면 아이는 그 사람의 성별이나 나이, 학벌이나 직업을 따지지 않는다. 관심과 사랑 이 두 가지만 있으면 누구나 좋은 아버지로, 좋은 양육자로 인정해준다.

「아빠」를 보고 나서 가장 기억에 남았던 대목은 첫 번째 에피소드 끝 무렵에 나오는 아이 셋 아빠의 말이다.

"애들에게는 대통령이 누군지가 중요하지 않아요. 제 관심이 중요하죠. 전 아이들 세상의 중심이에요. 전 아빠예요."

지금
몇 시지?

손현

●●●●

●

,

양육자의 시간과 아이의 시간은
다르게 흐른다

지금 몇 시지?

핸드폰 화면을 두드린다.

밤 10시 44분.

이런, 늦었다.

부랴부랴 줌에 접속한다. 이미 네 명의 남자가 모여 있다. 줌 화면 해상도가 아무리 낮아도 얼굴에 비친 삶의 고단함은 감출 수 없다. 화면 속 내 얼굴이 제일 피곤해 보인다.

"늦어서 죄송해요. 아이 재우다가 저도 깜빡 잠들었네요."

"괜찮습니다. 오늘 나눈 대화 내용은 단톡방에도 공유해드릴게요."

'썬데이 파더스 클럽'이란 이름조차 없을 때, 육아하는 아빠들의 첫 만남부터 40분 넘게 지각했으니 여전히 면목이 없다. 그런데 한 가지 신기했던 점은 누구 하나 불쾌한 기색이 없었다는 사실이다. 아이를 키우다 보니 다들 '그럴 수 있지'라는 너그러운 마음으로 넘기게 된 걸까.

육아를 하면서 너그러워진 건 마음뿐이 아니다. 시간을 인지하는 감각도 너그러워졌다. 송이를 키우는 동안 시간이 정말 선형적으로, 일정한 속도로 흐르는지 의심이 들기 시작했다.

보통 밤 9시에서 10시 사이에 송이를 재운다. '재운다'는 표현을 쓴 까닭은 송이가 절대 호락호락하게 잠들지 않기 때문이다. 조금이라도 에너지가 남아 있으면 잠들 때 불안한가. 이리 뒤척이고 저리 뒤척이며 옹알이하는 걸 듣노라면 어느새 정신이 몽롱해지고, 그러다가 내가 먼저 잠들기 일쑤다.

지금 몇 시지?

핸드폰 화면을 두드린다.

오전 3시 50분.

송이를 재운 뒤 '육퇴'를 기념하며 맥주 한잔에 감자칩이라도 먹으려고 했는데, 애매한 시각에 깨어버렸다. 마무리하지 못한 젖병 설거지, 마감해야 하는 원고 등 여러 생각이 꼬리를 물었다. 침대에서 눈 감은 채로 30분을 있었지만 잠은 오지 않았다. 차라리 출근이라도 일찍 할까? 지하철 첫차를 검색해보니 오전 5시 13분 출발. 한 시간가량 남은 상태라 하릴없이 거실로 나와 일하다가 출근했다. 이것도 일종의 '미라클 모닝'인가.

또 다른 깜깜한 새벽. 송이가 잠깐 바스락거리는 소리에 깼다. 다행히 몇 번 토닥여주니 아이는 도로 잠들었다. 이제 나만 다시 잠들면 된다. 문득 잊고 있던 과거가 떠올랐다. 2015년 모터사이클을 타고 노르웨이 로포텐제도를 가로지르던, 생애 가장 찬란했던 여름의 한 장면이 바이크 배기음과 함께 머릿속을 둥둥 떠다녔다. 그때의 남자는 넘쳐나는 자유 때문에 어쩔 줄 몰라 괴로워했는데, 7년 후 지금을 상상이나 했을까.

톰 숀의 책 『크리스토퍼 놀란』(제우미디어 2021)에서 영화 「인터스텔라」「테넷」으로 시간 왜곡 현상을 풀어낸 크리스토퍼 놀란 감독이 시간에 대해 언급한 걸 본 적이 있다. 감독의 말에 따르면 20~30대 때에는 시간이 안정적으로 흘러서 시간을 좀 더 객관적이고 논리적으로 볼 수 있지만 중년이 되면 상황이 조금 달라진다고 한다. "중년이 되면 시간의 흐름에 따른 감정적인 측면에 다시 집착하면서 우리가 그 흐름에 갇혀버렸다는 기분을 느끼게 됩니다"라며 시간이란 본질적으로 주관적이라 말한다.

시간 흐름은 선형적이지 않다. 푹 삶은 파스타면처럼 휘어지는가 하면, 툭툭 끊어지기도 한다. 덜 익으면 덜 익은 대로 이 시간을 소화해내야 한다. 이렇게 시간 흐름에 따른 감정적 측면에 집착하는 걸 보니 나도 중년이 되었음을 부정할 수 없다. 내 시간이 똑바로 흐르는 대신, 이따금 통째로 사라져버리는 경험을 하는 건 분명 스트레스다.

한편, 아내와 나를 빼닮은 아이 얼굴을 보며 시간을 비틀어보기도 한다. 만약 시간이 줄어든 게 아니라 늘어난 거라면? 스스로 기억하지 못하는 어린 시절을 현재의 시간과 이중으로 함께 사는 거라면?

딸에게 묻고 싶다. 그럼 넌 누구니. 출생신고를 하면서 주민번호까지 받았으니 독립된 인격체는 맞는데… 혹시 우리 부부의 시간과 생물학적 코드가 그대로 이식된 컴퓨터인가. 이제는 컴퓨터도 고양이와 강아지 그림책을 보며 기계학습을 하는 시대니까.

막 10개월 차에 접어든 딸은 윙크하는 법을 배웠다. 두 눈을 1~2초 정도 지그시 감았다가 뜬다. 그 찰나가 모터사이클로 자유롭게 여행했던 6개월보다 더 큰 감동을 준다. 딸의 눈동자에 비친 내 모습을 보며 생각을 고친다.

'양육자의 시간과 아이의 시간은 다르게 흐른다. 내 시간이 없다고 불평하는 대신 아이의 시간을 기록해봐야겠다.'

다행히 기록을 같이 할 동지가 생겨 기쁘다. 그리고 동지들인 '썬데이 파더스 클럽' 아빠들도 어쩌면 처음부터 너그러운 사람들이 아니었을 거다. '내 마음'대로 흐르지 않는 시간 속에 살면서 현실을 빨리 수용하거나 체념하는 쪽이 더 낫다고 판단했기에 너그러워지는 쪽을 선택했을 수도.

그나저나 지금 몇 시지?

송이가 하루를 시작할 때가 됐다.

내가
아빠라니

그리하여 조금씩, 오랫동안
내 안에 아빠라는 단어의 크기를
키워갈 것이다

아이가 태어나고 10개월쯤 됐을 무렵, 난 프리랜서로 일하고 있었다. 새벽 6시쯤 출근해야 하는 아내와 달리 일정을 스스로 조절할 수 있다 보니 아침 육아는 내 당번이었다. 아이는 오전 7시쯤 깼다. 아이 옆에서 함께 자는 나는 알람을 맞출 필요도 없었다. 아이의 뒤척임과 칭얼대는 소리에 자동으로 눈을 떴다.

밤새 갈아준 기저귀가 둘둘 말린 채 발밑이나 머리맡에 놓여 있었다. 전날 밤 잠들기 직전까지 열심히 빨아대던 '쪽쪽이'는 이불 속에 있기도, 아이 겨드랑이 속에 숨어 있기도 했다. 한쪽 손에는 기저귀와 쪽쪽이를, 다른 손으로는 아이를 어깨에 둘러메고 거실로 나온다.

그다음 해야 할 일은 아침식사 준비다. 50일이 지나 통잠을 시작한 아이는 하루 열 시간쯤 거뜬히 잤다. 긴 시간을 잔 만큼 눈을 뜨자마자 허기도 찾아오나 보다. 분유를 대령하기 전까지 우렁차게 울어댄다.

빠르게 분유통을 열고 젖병에 분유를 채운다. 한 스푼에 40밀리리터, 그러니까 다섯 스푼을 담는다. 가끔 몇 스푼을 담았는지 까먹기도 하지만 문제는 없다. 분유통에 도로 다 쏟아 넣은 뒤 정신을 가다듬고 다시 숫자를 세어가며 분유를 채운다. 그리고 미리 온도를 맞춰둔 따뜻한 물을 젖병에 붓는다.

그와 동시에 칭얼대거나 때로는 힘차게 우는 아이를 달래기 위해 나도 모르게 주문처럼 친근하고 높은 톤으로 말을 건넨다.

"아이고 우리 아들, 배고프지? 잠깐만 기다려. 아빠가 금방 분유 타

줄게."

"아이고 우리 아들, 밤새 배 많이 고팠지?"

"아이고 우리 아들, 아빠가…"

응? 내가 아빠라고? 몸에 딱 맞지 않은, 어딘가 수선할 부분이 남은 새 옷을 걸친 듯한 느낌이 들 때가 있다. 나 자신을 아빠라고 부르는 순간이 바로 그렇다. 내가 아빠라니. 엄마에 비할 바는 아니지만, 아빠 역시 고단함과 책임감으로 따지면 국어사전에 담긴 그 어떤 단어보다도 깊게 사무친 단어 중 하나가 아니던가.

갓 태어난 아이를 처음 마주한 순간, 그야말로 처음 '아빠'가 된 순간을 기억한다. 나의 아이 이서는 서울의 한 대학병원에서 태어났다. 우리 부부는 유도분만을 위해 예정된 출산일보다 하루 일찍 병원을 찾았다. 분만실 옆에 마련된 분만장은 일반 병실과 같은 구조였다. 분만장에는 먼저 입원해 있던 다른 임신부들이 있었다. 시간이 지나자 그들은 하나둘 출산을 하러 분만실로 이동했다. 저녁이 되자 여섯 명 정원의 분만장에는 아내와 나만 남았다.

간호사가 아내 배에 동그란 카페 진동벨 같은 기기를 고무밴드로 고정해두었다. 나중에 알았는데 그 진동벨은 아이의 태동을 살피는 센서 역할을 했다. 늦은 밤이 지나 새벽까지 대기하는 동안 아내와 나는 이따금 잠들곤 했는데, 간호사들은 센서로 아이의 상태를 계속 살피며 작은 문제라도 감지되면 곧바로 아내를 찾아오곤 했다. 방금 전 아이 심장박동이 느려져 위험한 순간도 있었다는, 겁나는 이야기를 덤덤하게 들려주기도 하면서.

자다 깨다를 반복하고 있던 어느 순간, 간호사 몇몇이 분주하게 분만장으로 들어왔다. 아이가 많이 내려왔다며 분만실로 이동하자고 했다. 아내는 침대에 누운 채 분만실로 이동했다. 나도 아내를 따라 분만실 앞으로 향했다. (아마도) 감염을 예방하기 위한 일회용 앞치마와 비닐장갑을 착용하고 얇은 부직포 모자를 썼다.

"핸드폰 챙기셨어요?"

"네? 아, 아니요."

"핸드폰 챙기고 기다리세요."

"네!"

간호사 선생님이 아니었으면 아이의 첫 모습을 사진으로 남기지도 못할 뻔했다. 분만실 안에서는 새벽임에도 아이를 받기 위해 급하게 출근한 의사와 간호사들이 아내와 함께 호흡하고 있었다. 얼마나 흘렀을까. 간호사의 목소리가 들렸다.

"새벽 3시입니다!"

그렇게 아이는 이 세상에 무사히 도착했다. 뒤이어 기다리던 멘트가 들려왔다.

"아빠 들어오세요!"

다급히 분만실로 들어가니 의사와 간호사들이 가위를 들고 나를 기다리고 있었다. 탯줄을 직접 자르겠다고 이야기해두었던 터였다.

"여기 자르시면 돼요."

가위를 건네받았다. 어디를 잘라야 하나 걱정할 새도 없이, 두 개의 플라스틱 집게로 고정해둔 탯줄 사이를 잘랐다. 아이와 아내를 열 달 동안 이어주던 연결고리를 잘라냈다. 이제 아이는 스스로 호흡하고 스스로 성장해야 하는 순간을 마주한 것이다.

그제야 이제 막 삶을 시작한 아이 얼굴을 볼 수 있었다. 몸 여기저기 핏기가 남아 있는 아이를 간호사는 (내가 느끼기에는) 조금 거칠고 빠른 손놀림으로 닦아냈다. 입안에 남아 있는 이물질을 제거하고, 발바닥을 손가락으로 튕겨가며 잘 반응하는지도 살폈다. 핸드폰으로 그 모습을 찍고 있던 내게 간호사가 말했다.

"아이에게 말 좀 해주세요."

영상과 사진을 찍어대는 데 여념이 없던 내게 주어진, 아빠로서의 첫 임무였다. 무슨 말을 해야 하나 고민한 것도 잠시, 아이에게 첫인사를 건넸다.

"딸기(태명)야, 아빠야."

아이에게 처음으로 내가 아빠라는 사실을 알림과 동시에 스스로 아빠가 되었음을 선언했다.

여전히 내가 아빠라는 사실이 비현실적이거나 생경하게 느껴질 때가 있다. 나에게는 아빠가 되기 전 40년의 삶이 있다. 아빠로서의 나를 마주하는 것이 가끔 어색한 이유가 이 때문인지도 모르겠다. 그래서 더 노력하려고 한다. 아이와 더 많은 시간을 보내려고, 함께 웃고 우는 경험을 더 많이 하려고 한다. 더 자주 안아주고, 더 자주 아이 볼에 입 맞추고, 더 자주 사랑한다고 말할 것이다. 한 아이의 아빠라는 사실에 스스로 어색해하지 않도록. 개명한 사람의 새로운 이름은 어색하더라도 자주 불러주는 것이 좋다고 한다. 빨리 새로운 이름에 적응하고 이전보다 더 나은 삶을 살라고. 그러니 나도 이서에게 더 자주 말해줄 것이다. '이서야 아빠야, 아빠!' 그리하여 조금씩, 오랫동안 내 안에 아빠라는 단어의 크기를 키워갈 것이다.

배정민

굿바이,
뽀로로 매트

나의 미니멀리즘 시대는
짧지만 뜨거운 안녕을 고했다

작지만 아늑한 집을 마련했다.

미니멀리즘을 추구한답시고 가구는 최소한으로 줄였다. 원룸 시절부터 가졌던 꿈을 이루고자 방 한 칸에는 따로 서재도 마련했다. 그동안 사 모았던 책들을 모조리 꽂아두어도 여전히 넉넉한 책장을 보며혼자 배시시 웃었다. 좋아, 더 이상 너저분하지 않아.

거실에는 화이트 톤의 맵시 있는 테이블도 하나 들였다. 매서운 겨울이었지만 방바닥은 따뜻하다 못해 델 정도로 뜨거웠다. 베란다 창밖으로 흩날리는 눈송이를 보며 뜨거운 원두커피 한 잔 내려놓고 가만히 바닥에 등을 뉘었다. 몸이 스르르 녹아내렸다. 내 마음도 덩달아따뜻해졌다. 10여 년 전 겨울, 이맘때의 일이다.

알록달록 뽀로로 매트가 거실 바닥을 덮치던 날, 나의 미니멀리즘시대는 짧지만 뜨거운 안녕을 고했다. 지극히 좋아하는 단정한 투톤컬러와 대척점에 있었지만, 두툼하고 푹신한 뽀로로 매트는 걸음마를 떼기 시작한 아기에게는 두말할 나위 없는 최적의 세팅이었다.

그렇게 화이트와 블랙, 그레이 톤으로 가득했던 그 공간을 '뽀로로'와 '크롱', '루피'와 '에디'가 인정사정 볼 것 없이 차례로 점령해나갔다. 집은 시간이 갈수록 야수파도 울고 갈 법한, 거침없는 원색미를드러내기 시작했다.

아빠가 되어간다는 것은 내가 소유하던 걸 아이에게 하나씩 내어주는 과정이다. 집은 아기와 함께하는 공간으로 점차 변해갔다. 싱글일 때 꿈꾸었던 나만의 온전한 공간은 아기의 성장과 비례하여 기하

급수적으로 쪼그라들었지만, 그래도 그 변화가… 딱히 나쁘지 않았다.

종일 누워서 하늘만 보던 아기는 어느 순간 몸을 뒤집었고, 걷기 시작했고, 말문이 터졌다. 그저 바라보는 것만으로도 신기한, 기적 같은 순간이었다.

멋모르고 시작했던 육아생활도 햇수가 꽤 쌓였다. 첫째는 분명히 옆에서 꼬물대고 있었는데, 어느덧 끊임없이 조잘대기 시작하더니, 이제 학교 물도 조금 먹어본 10대가 되었다. 날마다 투덕대긴 하지만 그러면서 동생 먹을 요구르트도 챙겨주는 놀라운 모습도 '시전'한다 (아주아주 가끔!).

지나고 돌이켜보면 금방이다. 인생사 모든 게 그러하듯. 이따금 구글포토에서 예전 사진들을 모아 앨범으로 띄워주면 두 눈이 휘둥그레진 채 넋 놓고 보게 된다. 신이여, 사진 속 저 아이가 정녕 지금 제 옆에 있는 이 아이란 말입니까? 핸드폰을 한 번 보고, 다시 옆을 보고, 다시 핸드폰을 본다. 노느라 정신없는 저 아이는 시간을 헤치며 경이로운 속도로 커가고 있다. 아빠로서 기억하는 과거는 그 속도만큼이나 빠르게 망각 속으로 사라져간다.

사진과 영상은 순간을 포착해 저장해둘 수 있지만, 그 시절 품었던 생각과 느낌까지 오롯이 잡아두지는 못한다. 아이가 200밀리그램 분유를 한번에 다 먹었을 때, 조금 품이 커진 기저귀를 차고 아장아장 걷기 시작했을 때, "아빠!" 비스름한 감탄사 한마디를 내뱉었을 때 느껐던, 그 희열의 감정이 어느새 어슴푸레해졌다.

또 한 차례의 10년이 지나 아이가 스무 살 청년이 되었을 때, 지난 겨울 어느 날 이 친구가 꺼낸 말을 나는 여전히 기억하고 있을까? 영 자신이 없다.

"아빠, 부자가 뭔 줄 알아?"

"응?"(설마 얘가 벌써 돈의 맛을?)

"에이, 그것도 몰라? 아빠랑 나잖아!"

장난스럽게 툭 던진 그 말에 마음이 덜컹 하고 녹아내렸다. 그래… 그러네. 돈 많은 부자로 살 수 있을지는 모르겠지만, 돈이 없어도 이 미 부자인 걸 깜빡하고 있었다.

이런 대화는 오래 잊지 않았으면 좋겠다. 그때 이런 생각이 가슴에 들어찼다. 대수롭지 않게 말한 당사자는 분명히 잊어버리기 쉬운 그 말을, 아빠로서 오래오래 남겨두고 싶다. 기억하기 위해 가장 좋은 방 법은 기록해두는 것이겠지. 사라지지 않도록.

2032년 어느 날의 스무 살 청년을 상상해본다. 자기만의 공간을 찾아 부모 품에서 독립할 그의 뒷모습을 떠올린다. 혹시라도 그가 이 글을 꺼내어 볼 일이 생길 수도 있지 않을까. 그런 미래가 왔을 때에 도 지난겨울처럼 그가 아무렇지 않다는 듯 해맑게 웃음 지을 수 있는, 그런 흐뭇한 글쓰기를 계속할 수 있으면 좋겠다.

참, 그래서 뽀로로 매트는 어떻게 되었냐고? 이번 달 드디어 현역 에서 은퇴했다.

박정우

인생 2배속
재생버튼

,

끝끝내
유튜브의 2배속 재생버튼을
누르고야 말았다

십수 년 전, 집 근처 버스정류장이었던 걸로 기억한다. 반가운 얼굴이 보여 오랜만에 인사를 나누고 근처 카페로 같이 들어갔다. 같은 학교를 다닐 때부터 한번 시작하면 주야장천 말하던 친구였기에 마음의 준비는 하고 있었다.

친구는 막 4주간의 기초군사훈련을 받고 나온 터였다. 대화 주제는 당연하게도 훈련소 이야기. 이야기를 일방적으로 듣는 동안 이 상황을 파악할 만한 몇 가지 단서가 떠올랐다.

1. 친구는 공익근무요원이었다(참고로 이 호칭은 2013년 12월 5일부로 사회복무요원으로 바뀌었다).

2. 나도 군인이었다. 아마도 상병 정도 되었을 거다.

3. 그 친구는 4주간의 기초군사훈련에 대해 당시 육군 상병(으로 추정되는 또 다른 군인)에게 무려 세 시간 이상 본인의 고생담을 말하고 있다.

군 복무 경험이야 누구나 처음 겪는 힘든 시간이다. 친구는 훈련을 마친 지 얼마 지나지 않아 생생한 기억을 더욱 열 올리며 이야기했겠지만, 군생활을 비교적 편하게 하던 내게도 그 세 시간이 편하지만은 않았다. 처음에는 맞아 맞아, 그래그래, 맞장구를 쳤지만 시간이 길어지자 몸과 마음이 지쳐갔다. 유별난 친구이기는 했다. 자기 이야기를 그렇게 깊게, 그렇게 오래 하는 사람은 많지 않으니까.

그 후 정신없이 시간이 지나갔다. 군대 가는 게 세상에서 제일 힘든 거라고 생각했던 군인은 어느새 아이 셋을 키우고 있다. 잠든 아이들의 숨소리만 옅게 들릴 정도로 세상이 조용해지는 밤 10시 무렵, 하루치를 살아냈음에 안도할 때쯤 핸드폰이 규칙적으로 진동한다. 또래 아빠들의 전화다. 아이를 간신히 재우고 한참을 멍하니 있다가 정신을 부여잡고 누군가와 대화라도 해야겠다는 생각에 전화를 했겠지. 그나마도 이렇게 전화할 정도면 그들의 아이가 두세 시간마다 깨는 신생아기를 무사히 넘기고 밤에 통잠을 자기 시작했으리라 짐작해본다.

반가운 마음에 초록색 통화버튼을 누르고 간략하게 안부를 주고받는다. 자, 그럼 이제 본격적으로 육아 이야기 시작. 분유 이야기, 이유식 이야기, 기저귀 이야기, 어린이집 이야기, 아이 이야기, 아내 이야기, 본가 이야기, 처가 이야기 등 쌓이고 쌓인, 얽히고설킨 이야기가 한동안 이어진다.

세 시간 정도는 거뜬히 들어줄 생각으로 핸드폰 충전기를 찾을 즈음 친구들은 이야기를 뚝 멈춘다. 그리고 기다린다. 정적. 잠깐 뜸을 들이다가 말한다.

"하나 키우기도 이렇게 힘든데 너는 어떻게 셋을…"

이제 내 이야기를 시작하라는 신호다. 얼마나 힘든지, 얼마나 고통스러운지 자백하여 '아, 나는 그나마 다행이구나. 저렇게는 살지 말아야지' 위로해달라는 신호. 부여받은 역할을 마다하지 않고 이야기를 풀어낸다. 이제 막 기초군사훈련을 받고 나온 공익근무요원처럼.

아이가 셋이라고 하면 은근히 기대하는 눈치가 있다. 뭔가 어마어

마한 시련을 겪어 몸과 마음은 너덜너덜해졌지만 그럼에도 불구하고 하루하루를 살아낼 것만 같은. 지금이야 시간이 조금 지나 딱히 애가 하나라서 덜 힘들고, 둘이라서 더 힘들고, 셋이라서 무지막지하게 힘들다고 생각하지는 않는다.

물론 처음부터 육아가 쉬웠다는 말은 아니다. 셋째까지 빵빵빵 차례로 태어나면서 '나는 핸들이 고장 난 8톤 트럭인가?'라는 의심을 안 해본 것도 아니다. 첫째와 셋째가 30개월 터울인지라 핸들보다는 브레이크 쪽 고장을 의심해볼 법도 하지만.

언제부터인가 유튜브를 2배속으로 보고 있다. 자녀 계획이 없는 친구와 대화를 나누다 무심결에 이 사실을 말했더니, 그는 휘둥그레진 눈으로 나를 빤히 바라보았다. 무언가 문제가 있다는 느낌이었다.

아이들이 태어나면서 약간의 타협이 필요했다. 일하는 시간과 잠자는 시간을 뺀 나머지에 대한 타협이다. 일하는 시간을 줄이고픈 마음은 (지금도) 굴뚝같지만 그러진 못했고, 자는 시간을 줄였다가는 며칠 안 가 몸이 버티지를 못했다. 그래서 작고 소중하고 귀여운 그 나머지 '나만의 시간'을 조정할 수밖에 없었다. 자기 전 침대에 누워 핸드폰 보는 시간을 줄인다거나, 밥 먹고 설거지하기까지의 시차를 줄인다거나, 뜨거운 물을 틀어놓고 샤워기 밑에 서 있는 시간을 줄인다거나, 운동할 시간을 줄… 아, 운동은 아이 생기기 전에도 안 했구나. 그러다가 끝끝내 유튜브의 2배속 재생버튼을 누르고야 만 것이다.

그러던 중 아이를 키우는 아빠들과 자리를 갖게 되었다. 간단히 자기소개를 마치고 이런저런 이야기를 나누던 와중에 마치 다른 사람 이야기를 하듯 "저는 요새 유튜브를 2배속으로 보고 있네요"라고 말했다.

놀랍게도 아무도 눈이 휘둥그레지지 않았다. 다들 별 반응이 없어 오히려 내 눈이 휘둥그레질 지경이었다. 몇몇 아빠들은 진즉에 모든 영상을 2배속으로 보고 있었다며 그게 별일인가 하듯 다음 주제로 넘어갔다. 아빠들 사이의 어떠한 연대감을 느꼈다기에는 조금 거창하고 약간의 소속감을 느끼게 된 계기였다. 나만 이렇게 사는 게 아니구나. 나와 비슷하게 살고 있는 아빠들이 있기는 있구나.

돌이켜보면 난 대체로 운이 좋았던 것 같다. 기초군사훈련 받은 이야기를 세 시간 이상 해주는 친구가 있어서, 아이를 낳고 전화를 걸어주는 친구들이 있어서, 아이를 키우는 아빠들과 같이 이야기를 나누고 생각을 글로 옮길 수 있어서. 그리고 무엇보다 사랑하는 사람과 아이 셋을 낳아 함께 살고 있어서.

믿기지는 않지만
좋다

혼자 달리는 게
아니야

"이제 방향지시등을 켜세요. 곧 추월할 거예요."

교관이 헬멧 속 블루투스 헤드셋을 통해 말했다. 왼쪽 방향지시등을 켰다.

"스로틀은 더 당기세요. 가속하면서 추월해야 안전해요. 전방 주시하고요."

속도를 높이는 동안 몸이 뒤로 밀리지 않도록 양 무릎으로 바이크 몸체를 더 조였다. 몸을 좌우로 살짝 기울였을 뿐인데 바이크는 부드럽게 차선을 바꿔 앞차를 추월하고 원래 차선으로 돌아왔다.

한강을 따라 양평으로 가는 길. 교관과 나는 각각 800시시급 대형 바이크를 타고 팔당터널을 지나고 있었다. 총 네 개의 터널이 붙어 있고, 종종 교통체증을 빚는 구간이다. 당시 서른이 넘어 2종 소형 면허를 땄고 장거리 여행을 준비 중이었다. 모터사이클 운전 자체가 처음이라 교관을 따로 소개받아 몇 차례 연수도 받았다. 도로에서 살아남고 싶었기 때문이다. 그때 받은 교육 덕분인지 다행히 바이크를 타는 동안 큰 사고는 없었다. 러시아와 유럽을 여행하며 앞뒤 타이어를 두 번 교체했고 계기판에 적힌 주행거리는 2만 6,000킬로미터를 넘겼다.

모터사이클로 대륙을 횡단했다고 하여 삶이 드라마틱하게 바뀌지는 않는다. 인생은 16부작 미니시리즈가 아니다. 그러기에는 너무 길다. 오히려 죽이 되든 밥이 되든 계속 만들어야 하는 시즌제 드라마에 가깝다. 서울로 돌아온 뒤 스스로에게 물었다. 어떤 드라마를 만들고 싶은가. 그 드라마를 먼 훗날 죽기 전에 다시 보고 싶은가. 지금 주어진 두 번째 삶이 진짜일 수 있겠다는 생각이 들었다.

다시 구직활동을 하며 새로운 직업을 찾고 가정을 꾸려야겠다고 다짐했다. 여행하는 동안 내 원점이 '가족'에 있다는 사실을 깨달았고, 성숙한 혼자로 우뚝 설 수 있다면 타인과 함께 살 자신이 있었다. 그렇게 여행 전 알게 된 아내와 결혼했다. 바이크도 중고로 처분했다. 벌써 4년 전 일이다.

2022년 3월, 아내가 제주로 4박 5일 휴가를 떠났다. 출산휴가부터 육아휴직까지 1년 3개월을 육아에만 매달렸으니 마음 같아서는 어딘가에서 한 달쯤 살다 오라고 말하고 싶었지만, 그러다 내가 죽을 수도 있어 그 말을 꿀꺽 삼켰다. 아내가 자리를 비운 동안 나는 태어난 지 12개월이 되어가는 송이와 둘만의 나들이에 도전했다. '나들이'는 밖을 나서기로 마음먹는 게 중요하다. 나가기까지 에너지 절반을 소진하기 때문에 중간에 포기하지 않는 게 관건. 분유와 이유식을 번갈아 먹던 때라 챙길 준비물도 많았다. 송이가 잠깐이라도 자거나 혼자 놀고 있으면 외출 준비가 순조롭겠지만, 그런 경우는 거의 없으므로 혼돈 속에 부랴부랴 옷을 입히고 나가기 일쑤다.

내비게이션 목적지에 '양평 세미원'을 입력했다. 지인이 추천한 곳이다. 목적지까지 대략 한 시간이 걸린다고 떴다. 전날부터 내리던 비가 막 그친 터라 날은 여전히 흐렸지만 도로는 한적했다. 세미원에도 사람이 별로 없었다. 겨울의 흔적이 남아 있는 연못에는 꽃받침만 둥둥 떠 있었다.

아기띠에 송이를 앞혀 메고, 북한강과 남한강이 만나 한강으로 흐르는 풍경을 바라봤다. 멀리까지 이어지는 산과 강을 보니 송이와 함께할 가까운 미래가 그려졌다. 바람과 오리들 발길에 물결이 퍼지듯 그 그림은 송이가 그리겠지. 흐르는 강물처럼 우리의 시간도 유유히 흐르기를 바랐다.

양수리 근처 카페에 들러 커피와 빵이라도 먹고 싶었지만 차가 밀릴까 봐 두려워 바로 귀가 준비를 했다. 이동하는 동안 송이는 카시트에서 숙면을 취했다.

서울 방향 6번 국도에는 모터사이클 여행자도 제법 있었다. 팔당 1터널부터 4터널을 지나는 동안, 우리 차 바로 앞을 어느 바이크가 부드럽게 추월하기도 했다. 터널을 지나고 운전자끼리 손 인사하는 장면도 오랜만에 봤다(모터사이클을 타는 사람끼리는 길에서 마주칠 때 서로 손을 흔들며 인사하는 관습이 있다). 그 장면을 보고는 나도 모르게 차 안에서 외쳤다.

"나도 여기 있어!"

잠시 정적. 아이가 놀랐으려나? 뒷좌석을 힐끔 봤다. 송이가 웃고 있었다. 나도 미소로 화답하며 덧붙였다.

"이제 송이랑 같이 있어."

　자유지상주의자에게 결혼과 육아는 모터사이클 여행보다 더 모험적이다. 아이 컨디션에 따라 그 길은 때때로 오프로드로 바뀌기도 한다. 아직까지는 모든 여정이 견딜 만하다. 혼자 달리는 게 아니기 때문이다. 지난 4월에 아내와 교대해 1년 육아휴직을 냈다. 요즘은 매일 송이의 세끼 식단을 고민하고 어디로 나갈지 탐색한다.

　가끔 송이는 내 몸통 위에 올라가 놀기를 즐긴다. 왼쪽, 오른쪽으로 아이 몸을 기울여주며 내가 바이크나 비행기가 되어주기도 한다. 여전히 아빠라는 단어가, 육아휴직 중이라는 사실이 낯설고 쉬이 믿기지는 않지만, 그 길을 든든한 동행과 씩씩하게 잘 가고 있다고 자신에게 말해주고 싶다. 영화 「노팅 힐」 속 대사처럼 말이다.

　"믿기지는 않지만 좋다Surreal but nice."

배정민

아빠,
나만 따라와

아이가 창조한 또 다른 세계에
초대받았다

아이가 그동안 고대하던 게임 '마인크래프트'(이하 마크)를 시작했다.

초등학생 자녀를 둔 양육자의 마음은 늘 복잡하다. '게임을 하고 싶어하는 아이에게, 언제 그 게임을 할 수 있게 허락해줘야 하는가?' 이 질문에 명확한 답을 내리기 쉽지 않다.

학교를 다니고 친구를 사귀기 시작하면서 게임은 대화의 중요한 소재이자 매개가 된다. 같은 반 친구들도 다 (게임을) 한다며, (나도) 하고 싶다, 시켜달라고 보채는 아이 마음을 모르지 않는다. 그 와중에도 한 살이라도 더 늦게 게임에 입문했으면 하는 마음이 없지 않았다. 마지못해 허락한 후에도 아이가 한다는 게임이 과연 성장에 긍정적인 영향을 끼칠지 걱정도 컸다. 결국 주말에만, 아빠와 같이 있는 동안에만, 시간을 정해놓고, 그 시간 동안만 마크를 하기로 약속했다.

기미 상궁의 마음으로 가볍게 살펴보니 마크는 전반적으로 안전해 보이는 게임이었다. 원하는 게임을 하도록 허락받은 아이는 신이 난 얼굴로 초록빛 세계로 빠져들어갔다. 아이에게 기본적인 이용 방법을 가르쳐준 다음 한동안 옆에서 뭘 하고 있나 곁눈질하다가 곧 무심해졌다. 소싯적 즐기던 게임과는 영 다른 결이었다. 더 큰 이유는 아마도 삶의 어느 시점을 지나는 순간 더 이상 게임에서 예전과 같은 재미를 느끼지 못하기 때문일 것이다. 몇 번의 주말이 지난 어느 날 옆에 앉아 있던 아이는 꽤나 의기양양한 모습으로 말을 걸었다.

"아빠, 나랑 같이 마크하지 않을래?"

소파에 나란히 앉아 아이가 내 계정으로 보낸 초대장을 열었다.

'○○○님의 월드로 접속합니다.'

짧은 메시지와 함께 아이의 마크 속 세계로 초대받았다. 현실의 창밖에는 분명 어두운 구름이 잔뜩 끼어 있는데, 마크에서는 파란 하늘 위로 둥근 해가 둥실 떠 있었다. 햇살 눈부신 청명한 하늘 아래에서 아이가, 정확히는 아이의 네모난 아바타가 나를 불렀다.

"이쪽이야! 이쪽으로 와야 해!"

"…!"

아이가 만든 마을을 보고 나는 그만, 혼자서 몰래 감동해버렸다. 아, 이 아이가 주말마다 뚝딱뚝딱 만들어대던 게 이건가? 이 친구가 바라는 세상은 이런 세상일까? 마을에는 아이가 가장 좋아하는 애니메이션 「신비아파트」 속 캐릭터를 본뜬 건물이 곳곳에 솟아 있었다. 건물 앞에는 초원과 소와 닭, 양 들이 뛰노는 동물농장이 꾸며져 있고, 마을 앞바다 깊은 곳에는 수중 도서관이 있었다. 처음 접속하는 방법을 가르쳐줄 때에는 분명히 아무것도 몰랐는데 어느새 이런 건축 노하우를 습득한 건지, '마알못'인 나로서는 그저 입이 벌어질 뿐이었다.

"아빠, 여기로도 와봐!"

아빠의 표정을 보고 의기양양해진 아이가 가리키는 곳으로 갔다. 그쪽에는 하늘을 이리저리 휘젓는 롤러코스터가 위용을 뽐내고 있었다. 세상에, 애가 이런 걸 어떻게 만들었지 싶은 마음으로 넋 놓고 바라보고 있는데 아이는 계속 옆에서 차근차근 코칭을 해준다.

"아빠, 그렇게 하면 롤러코스터 못 타. 점프를 잘해야 해. 봐봐, 이렇게 하는 거야. 아빠, 곧 있으면 저녁이야. 해 지면 좀비들 와서 위험하니까 자러 가야 해. (으응? 좀비?) 내가 저기에 침대 만들어놨으니 같이 가자. 나만 따라와."

'나만 따라와'라니. 그곳에서 아이는 나의 보호자이자 수호자였다. 게임 속 삶의 방식에는 무지한 초보자 아빠에게 아이는 그곳에서 살아가기 위한 방법을 하나하나 알려줬다. 침대에서 자는 법, 하늘을 나는 법, 사냥을 하는 법, 식량을 얻는 법 등 자신이 살아가는 또 하나의 공간에 들어와 한 팀이 된 아빠를 보살피기 위해 아들은 꽤 긴 시간 동안 '하드캐리'했다.

나중에 알게 된 사실이지만 마크는 코로나 시국에 유행하기 시작한 메타버스의 주요 모델 중 하나로 꼽히는 게임이다. 엔딩이 있는 형태가 아니며 사용자가 원하는 대로 가상세계를 구현할 수 있다. 여기서 에펠탑이나 자유의 여신상처럼 실존하는 랜드마크를 만드는 경우도 많다고 한다.

메타버스 속을 자유롭게 유영하는 아이는 그 세상에서 나를 이끈다. 매번 접속할 때마다 새로 지은 건물을 소개해주고, 그 공간을 내가 마음껏 즐길 수 있도록 살핀다. 그런 아이의 모습을 보며 게임 밖 일상에서 아이의 보호자 역할을 하던 내 모습을 돌아본다. 아이가 마크에서 나를 대하는 것만큼 나는 살갑게, 신나게, 즐겁게 아이를 대하고 있는가? 아이는 아빠가 자기가 만든 세상에 초대받아 들어오는 것 만으로도 그저 기쁘고 즐겁다는 표정을 감추지 못하는데.

마크를 오가며 슬쩍 미안한 마음이 든 이후로 좀 더 넓은 마음을 갖고 아이와 이런저런 게임을 같이 하곤 한다. 하루가 다르게 신문물 을 습득하는 아이로서는 마크 외에도 하고 싶은 게임이 천지다. 하나 하나 살펴보고 괜찮겠다 싶으면 주말 동안 함께 플레이한다.

게임에서는 매번 아이가 앞서 나간다. 이미 게임을 대하는 자세부 터가 다르기 때문이다. 하지만 그때마다 아이는 차근차근 자기 레벨 까지 따라올 수 있는 방법을 내게 알려준다. 행여나 서툴러 버벅거려 도 절대 열 내지 않는다. 그 놀랄 만한 차분함을 곁에서 느끼며, 나는 보호자로서의 태도를 거꾸로 아이에게 배운다.

아이는 이미 내 삶으로의 초대에 기꺼이 응한 존재다. 삶이 바쁘다 는 핑계로 아이가 그저 함께만 있어도 행복한 존재라는 사실을 자주 잊는다. 하루 5분이라도 그 사실을 깨치며 설레고자 한다. 물론 게임 만 오래 하면 지장이 있겠지만, 그 설렘을 위해 가끔 아이와 함께 메 타버스를 거니는 것도 나쁜 선택만은 아닐 것이다.

아이 얼굴을 보면
눈물이 난다

강
혁
진

아이가 부디
좋은 일들만 겪길 바라는 것

쇼핑몰 푸드코트에 앉아 주문한 음식을 기다리며 핸드폰에 저장된 조카 사진을 봤다. 조카가 해맑게 웃고 있는 얼굴을 보는 순간 나도 모르게 눈물이 고였다. 갑작스러운 눈물에 적잖이 당황했다. 결혼전 일이다. 아이를 낳는 것 역시 생각해보기 전이었다. 그저 첫 조카에게 마음이 더 가서 그런가 보다 했다.

몇 년 뒤 이서가 태어났다. 어느 날 아이 얼굴을 보고 있자니 몇 해전 조카의 사진을 보던 때가 떠올랐다. 다시 이유 없이 짠한 마음이 들었다. 분명 아이는 한 톨의 걱정도 없이 환하게 웃고 있는데, 나는 그 얼굴을 보면서 왠지 모를 슬픔과 아픔을 떠올리게 된다. 아이의 건강하고 행복한 미래를 상상하며 기뻐하기에도 부족한 시간에 왜 이런 생각을 할까? 스스로도 궁금했다. 하루는 지인과 이야기하던 중 나도 모르게 내 마음속을 들여다볼 수 있었다.

"아이 얼굴을 보면 그 아이가 앞으로 살면서 겪을 일들이 먼저 떠올라. 고된 일도 있을 거고 슬픈 일도 있겠지. 살아가며 겪을 다양한 일들을 이겨내야 할 아이를 생각하면 얼마나 힘들까 하는 생각이 들어."

30대를 위한 콘텐츠 플랫폼 '월간서른'을 운영하며 종종 듣던 질문이 있다.

"20~30대로 돌아가고 싶지 않나요?"

그 질문에는 아마 꽃다운 그 시절이 그립지 않느냐는 의도가 담겼을 것이다. 하지만 내 대답은 단호했다.

"아니요, 절대로요."

나는 마흔두 살의 지금 내 나이가 가장 좋다. 지난날을 뒤돌아보면 좋았던 일보다 크고 작게 지나온 고민과 아픔 들의 시간이 먼저 떠오르는 편이다. 그 시간을 힘겹게 이겨내고 지나왔는데 다시 돌아가라니, 말도 안 된다. 쉽지 않은 시간이었지만, 그렇다고 힘든 기억만 있었던 것도 아니다. 아니, 정확히 말하자면 즐겁고 행복한 시간이 더 많았다. 그런데도 왜 아이 얼굴을 보면 굳이 힘든 시간만 생각이 났을까?

얼마 전 본 드라마에서 우연히, 내 생각과 똑같은 대사를 발견했다. 「나의 해방일지」에서 조태훈은 이혼을 겪고 혼자서 딸을 키우고 있다. 그는 연인인 염기정이 임신한 줄 알았다가 아니라는 사실을 알고 나서는 무심결에 다행이라고 답한다. 태훈은 "아장아장 걷는 애들 뒷모습을 보면 마음이 안 좋아요"라며 30년 후에 저 애가 어떤 짐을 지고 어떤 모욕을 견디면서 살아갈지 종종 떠올린다고 한다. "나니까 견뎠지"라면서 어떤 아이도 그런 일들을 겪지 않길 바란다고 덧붙인다. 그리고 자문자답을 이어간다.

"난 태어나서 좋았나? 냉정히 생각해보면… 아니요."

나도 태훈과 같은 생각을 했다. 태훈과 나의 바람은 하나다. 아이가 부디 좋은 일들만 겪길 바라는 것. 물론 태훈과 달리 난 태어나서 좋다. 태어나서 겪는 다양한 경험들이 좋다. 힘든 일도 있었지만 태어나서 좋지 않다는 생각을 해본 적은 없다.

내 아이도 부디 그랬으면 좋겠다. 분명 힘든 일들을 겪을 것이다.

학교에서든 사회에서든, 친구 관계에서든 부모인 우리 부부와의 관계에서든. 또는 태어난 이유를 찾고 고민하며 성장하는 모든 과정에서 예상치 못한 어려움을 마주할 것이다.

하지만 힘듦보다는 그 뒤에 찾아올 기쁨에 집중하고 감사하며 살아갈 수 있으면 좋겠다. 나아가 태어나서 좋다는 생각을 하며 살아갔으면 좋겠다. 부모가 자신을 낳는 결정을 해주어서, 이 세상을 살아갈 수 있는 기회를 주어서 고맙다고. 언젠가 이서가 내 나이쯤 되어 누군가 '살아보니 어떤가요? 과거로 돌아가고 싶지 않나요?'라고 물었을 때 단호하게 '아니요'라고 대답할 수 있는 사람으로 크길 바란다. 당장 눈앞에 닥친 매 순간을 최선을 다해 살아가면 좋겠다.

그러기 위해서 난 무엇을 해야 할까? 이건 부모로서 평생 안고 살아야 할 질문일지도 모르겠다.

모든 울음에는
끝이 있다

심규성

;

아이에게는
세 가지 울음이 있다

"으아아아앙."

아이 방에서 소리가 난다. 눈을 비비고 시계를 보니 자정이 조금 지난 시간. 아내랑 나는 비몽사몽으로 아이 방에 차례로 들어갔다. 가까이서 마주한 아이는 꿈속에서 울고 있는지 잠이 깬 상태가 아니었다. 손으로 토닥토닥하며 엄마 아빠가 왔다는 신호를 줬다. 곧 진정되리라 생각했는데 그 마음을 읽었는지 아이는 더 목 놓아 울기 시작했다. 결국 아내가 안아 달래고 물 한 모금 먹이고 다시 달래기를 반복했고, 한 시간여가 지나서야 겨우 이불에 등을 대고 잠들었다.

아이는 현재 25개월. 신생아 때였으면 혼비백산하며 아이 방으로 뛰어들어가 어디 아픈 건 아닐지, 혹시 야경증(어린아이가 자다가 갑자기 놀라 소리를 지르거나 공포에 찬 표정으로 말을 하고는 2~3분 후에는 조용히 잠이 드는 증상)은 아닐지 걱정하며 아이가 잠든 후에도 한참을 옆에 머물렀을 것이다. 하지만 얼마 전 두 돌을 넘기고 3년 차 부모가 된 우리는 아이가 잠들자마자 안방으로 '쿨'하게 돌아와 다시 잠을 청했다. "악몽을 꿨나 봐"라며 대수롭지 않게 여기면서.

태어난 날부터 700여 일이 지난 지금까지 아이가 총 몇 번을, 몇 시간을 울었는지 알 수 없다. 다만 얼마나 자주 울었는지는 말할 수 있다. 해가 뜨고 진 날 만큼. 떼쓰기가 절정인 요즘은 하루에 이틀치를 우는 날도 있다.

먹고 싶은 '까까'를 못 먹어서, 옷과 손에 짜장 소스가 묻어서, 핸드폰을 못 보게 해서, 목욕 중 눈에 물이 들어가서, 자다가 목이 말라서,

밖에 나가고 싶은데 아빠가 이불에서 꼼짝을 안 해서, 자기가 좋아하는 주방도구를 엄마가 만져서… 이유는 가지가지, 모습은 각양각색이다. 그나마 위로가 되는 건 신생아 때에 비해 이유와 원인 제공자가 비교적 선명하고 때로는 예측 가능하다는 사실이다. 물론 원인을 아는 것과 울음을 피하는 건 다른 문제지만.

아내 출장으로 오랜만에 '독박' 육아를 하던 어느 날이었다. 앞머리가 눈을 찌르기 직전인 아이 머리카락이 너무 불편해 보여서 미용실에 데려가기로 결심한 날이기도 했다. 단둘이 미용실에 간 게 처음은 아니었다. 한 해 전 겨울 호기롭게 혼자 아이를 데리고 머리를 자르러 갔다가, 미용실 가운을 입지 않겠다고 울고불고하는 아이를 달래지 못해 결국 기모 스웨터를 입은 채 그대로 머리카락을 잘랐던 적이 있다. 스웨터의 일부처럼 결합된 머리카락을 몇 시간 동안 떼어냈던 악몽을 반복하지 않고자 이번에는 집에서 입던 긴팔 가운을 미리 챙기고 여분의 옷과 울음을 달랠 간식까지 챙겼다. 그래도 불안한 마음은 좀처럼 가시지 않았다.

미용실 앞에 도착했다. 아이는 지난겨울을 기억한다는 듯 반사적으로 거부반응을 보이기 시작했다. 문을 열고 들어가려고 하자 몸을 비틀며 완강히 저항하는데 이대로 들어갔다가는 미용실 안을 가득 채운 손님들에게도, 나와 아이 사이에도 큰 사달이 날 것 같아 일보 후퇴.

한 시간이 지났을까. 머리를 깎을 때 쓰려던 비장의 무기(젤리, 약과, 과자 등)는 이미 동이 났다. 보다 못한 미용실 직원이 달려 나와 막대 사탕을 손에 쥐어주며 머리를 잘 자르면 먹을 수 있다고 아이를 달랬다. 평소 같으면 사탕에 눈이 반짝 빛났을 텐데, 정말 미용실이 무서웠는지 아이는 손에 쥔 사탕을 돌멩이 보듯 했다. 다 깎으면 아이스크림을 사주겠다는 아빠의 권모술수에도 넘어가지 않고 아이는 문밖에서 침묵시위를 이어갔다.

미용실에 먼저 왔던 손님들이 어느 정도 빠져나가고 겨우 문 안까지 들어온 우리는 어렵게 거울 앞 좌석에 앉는 데까지 성공했다. 성공의 기쁨도 잠시. 준비해 온 가운을 입히고 나서 미용사가 자른 옆머리가 아이 손에 탁 묻는 순간, 한 시간 동안 잘 버텨왔던 감정이 폭발하고야 말았다. 미용실 안은 익숙한 울음소리로 가득 찼다.

"으아아앙. 으엉. 으엉. 으아아앙. 으엉. 으엉."

이제 남은 건 각자가 각자의 방식대로 버티는 일뿐. 아이는 아이대로 본인 신체의 일부인 머리카락이 잘려 나가는 공포 속에서 참기 버거운 감정을 울음으로 쏟아냈고, 나는 나대로 다른 손님들의 따가운 시선과 아이의 몸부림을 버텨가며 핸드폰 속 「뽀로로」 영상이 멈추지 않도록 애썼다. 미용사는 사이렌 같은 울음 속에 어떻게든 커트를 빨리 끝내고자 혼신의 노력을 다했다(그 혼신의 노력이 끝나갈 무렵 머리를 '바리깡'으로 확 밀어버리고 싶다는 본심을 입 밖으로 꺼내시는 바람에 겨우 진정되어가던 아이가 다시 한번 머리를 뒤로 젖혀가며 울어댔지만 말이다).

소아청소년정신과 전문의 서천석 박사에 따르면 아이 울음은 크게 세 가지로 분류할 수 있다고 한다.

첫째, 피곤하거나 배고프거나 아플 때 나오는 생존을 위한 울음. 둘째, 떼를 쓰거나 하기 싫은 걸 미룰 때 나오는 훈육과 관련된 울음. 셋째는 어른에게도 자주 나타나는 울음인데, 감정이나 감각이 감당되지 않아 나오는 울음이다. 생존 울음은 부족한 걸 채워주면 되고, 훈육 관련 울음은 부모가 약해지지 않고 끝까지 버텨야 한단다. 마지막 울음은 스트레스를 풀어주거나 환경을 바꿔야 하는 울음이라고 한다.

문제는 모든 게 복합적으로 찾아온다는 것이다. 현실에서는 잠을 못 자 떼쓰기의 강도가 더 세질 때가 있고, 배고픔과 배 아픔이 구별되지 않아 아픈 것처럼 울 때도 있으며, 압도적인 불안과 두려움 때문에 최대한 울면서 하는 걸 미룰 때도 있다. 미용실이나 소아과, 치과(아직 찾아오지 않은 '퀘스트'다)를 갈 때에는 아이에게 그 장소가 큰 공포이자 스트레스인 걸 알면서도 가야만 한다. 싫어도 꾹 참고 해야만 하는 게 있다고 훈육하면서 말이다.

그나마 다행인 건 모든 울음에 끝이 있다는 거다. 커트가 중반에 접어들 무렵, 아이는 본인이 울고 있던 걸 까먹은 것처럼 「뽀로로」 영상을 보며 웃음을 터트렸다. 다시 울음을, 또는 우는 연기를 시작할 무렵에도 그 기세와 눈물은 급격히 잦아들어 안심하고 머리를 마무리할 수 있었다. 아이 스스로 울음의 끝을 경험하게끔 하는 게 중요하다고 하는데, 뭔가 스스로 끝낼 기회를 충분히 준 것 같아 내심 흐뭇하기도 했다. 물론 미용실에서 갑작스러운 울음 소나기를 우산 없이 맞은 다른 사람들에게는 너무 죄송했지만.

아이가 말을 배우고, 학교를 졸업하고, 어른이 되어갈수록 울음의 감각 역시 점점 둔해질 것이다. 초등학교 때 신발장이 어딘지 몰라 복도에서 목 놓아 울던 울보가 이제는 웬만한 슬픈 영화를 봐도, 웬만큼 큰 상처가 나도 눈물 찔끔 안 하는 메마른 아저씨가 된 것처럼 말이다.

아이 울음이 세 가지로 분류되는 것과 상반되게 어른 울음은 크게 두 가지로 나뉘는 것 같다. 남자의 울음과 여자의 울음(아내와 부부싸움 시 정말로 생존하기 위해 우는 남자의 생존 울음도 여기에 포함이다). 어릴 적부터 남자가 자주 울면 창피한 일이고, 성인이 돼서도 울면 어른답지 못한 거라는 말을 종종 들었다. 특히 남자는 평생 세 번 운다는 식의 속언이 통용될 정도로 남자의 눈물은 금기시되는 문화 속에서 자랐다. 남자아이를 낳고 그 아이의 아빠가 되니 이제는 그 말이 과하게 느껴진다. 여전히 남자다움이 통하는 사회지만 울음 앞에서만큼은 제약 없이 자유로우면 좋겠어서일까. 생각과 감정을 꺼내 표현할수록 마음 공간이 넓어지고 감출수록 속이 좁아진다는데, 속 좁은 어른보다는 마음이 투명해 때로는 아이처럼 울 줄도 아는 사람이면 좋겠다. 그래서 적어도 지금의 나보다는 더 깊게 슬픔을 느끼고 아픔을 표현하는 어른이 되었으면 좋겠다.

미용실에서 나오자마자 아이는 해맑게 웃었다. 감정이 풀리니 입맛도 돌아왔는지 돌멩이처럼 바라보던 사탕을 입에 넣고 자유롭게 거리를 뛰어다녔다. 사탕을 그렇게 먹으면 치과에 남들보다 더 빨리 가야 한다는 잔소리를 하고 싶었지만 꾹 참았다. 입안 사탕에도 끝이 있으니까. 그리고 운 게 잘못은 아니니까.

박정우

뒤처리를
가르칩니다

단추 채우는 법, 신발끈 묶는 법,
화장실 문 잠그는 법 등
어른에게는 너무나 당연한 일들이
아이에게는 생경하다

식당에서 밥 먹는데 아이 둘이 동시에 똥이 마렵단다. 번뜩 든 생각 하나, 아이 셋이 동시에 마려운 게 아니라 얼마나 다행인가. 생각 둘, 아내랑 같이 있어서 하나는 아내에게 맡기고 둘만 데리고 화장실에 가도 되니 또 얼마나 다행인가.

급하게 아이들 손을 잡아끌고 사람이 없는 층 화장실로 간다. 이제 아이들은 스스로 바지를 내리고 화장실 문을 안에서 잠글 줄도 안다. 예전 같으면 '변기 만지지 마라' '바닥에 물기가 있으면 바지가 닿지 않게 조심해라' 잔소리를 늘어놨겠지만 이제는 별수 없이 가만히 들여보낸다. 어차피 하나부터 열까지 다 해줄 수 없다는 걸 이제는 안다. 볼일 다 보면 부르라 하고 밖에 누가 오지는 않을지 보안요원 자세로 기다린다. 아이들은 같은 공간에서 같이 똥 싸는 경험이 처음인지라 종알종알 말이 많다. 그런가 보다 하고 기다리다가 시간이 너무 오래 걸려서 교도관처럼 문을 쾅쾅 두드렸다. 어이 친구들, 나올 시간 지났어. 면회 끝났다고.

점보롤티슈를 주르륵 빼는 소리와 함께 콧노래가 들린다.

"안 묻어 나올 때까지. 흥흥."

"나는 안 접힐 때까지. 흥흥."

왜 본인들 행동을 일일이 입 밖으로 내뱉는지는 모르겠다. 얼마 전까지만 해도 뒤처리를 어른들이 해줬던 것 같은데, 이제는 본인들이 알아서 하겠다고 하니 솔직히 어떻게 하고 있는지, 제대로 하고는 있는지도 잘 모르겠다. 시시덕거리는 소리를 들어보니 한 아이는 수단보다 목표를, 다른 아이는 목표보다 수단을 중시한다고 추측만 할 뿐이다. 이 엉덩이나 저 엉덩이나 같은 사람들이 같은 방식으로 닦아줬을 텐데 커가면서 저마다 처리하는 방식이 다르니 신기할 노릇이다. 똥을 닦는 방식에서도 가치관의 차이를 느낄 줄이야.

초등학교 때였다. 6학년 때 명칭이 바뀌었으니 국민학교 때였을 수도 있다. 보이스카우트 옷을 입고 화장실 칸막이 안에 있었다는 사실은 분명하다. 그때만 해도 쉬는 시간에 화장실에서 '큰일'을 보는 건 커다란 용기가 필요한 행위였다. 이미 소변기가 아닌 칸막이 안으로 들어간다는 행위 자체가 놀림감이었고 아이들이 칸 넘어 고개를 들이밀기도 했다. 그러고 보면 어릴 때 똥, 오줌, 방귀라는 단어만 들어도 자지러지던 사람들이 커서 사회생활을 하고, 회사 화장실에서 어떻게 얼굴 표정 하나 변하지 않고 태연히 일을 보는지 의문이다.

다시 보이스카우트 옷을 입던 때로 돌아가서, 어쨌든 화장실 칸막이 안이었다. 수업 중에 나왔었나? 화장실은 고요했다. 여유롭게 변기에 앉으려고 손을 허리춤으로 가져갔다가 흠칫 놀랐다. 허리띠가 채워져 있었는데 한번도 본 적이 없는 버클이었기 때문이다. 허리 사이즈에 맞는 구멍에 핀을 꽂는 방식의 허리띠가 아니었다.

화장실에 사람이 없어 잠시 풀렸던 긴장은 허리띠와 함께 점점 조여들어왔다. 이렇게 당겨도 저렇게 젖혀도 버클은 열리지 않았다. 이성의 끈이 끊어지려는 찰나, 바지를 허리띠째 훌렁 내려서 가까스로

화를 면할 수 있었다. 귓가에 천사들의 나팔소리가 들리는 것 같은 영적 경험을 하며 일을 다 보고 바지를 다시 올렸다. 팽팽히 조여 있던 버클은 이미 풀어져 있었다. 그제야 이런 류의 버클을 어떻게 푸는지 알게 됐다.

그때였던 것 같다. 나중에 아이를 낳게 되면 보이스카우트 허리띠 버클 푸는 법을 꼭 알려줘야겠다고 생각한 게. 아무리 인터넷에서 검색해도 허리띠 버클의 종류를 설명한 자료를 찾지 못해서 정확한 용어는 모르겠지만 악어 입처럼 생긴 버클이다. 그 입을 벌려 반대편 허리띠에 넣고 입을 닫으면 이빨이 허리띠를 꽉 물 듯이 풀어지지 않는다. 경례할 때 두 손가락으로 했는지 세 손가락으로 했는지, 아람단인가 우주소년단인가 하는 아이들과 기싸움 같은 게 있었는지 기억나지 않지만 그 허리띠만큼은 선명하게 기억난다.

어른에게는 너무나 당연한 일들이 아이에게는 생경하다. 단추 채우는 법, 신발끈 묶는 법, 화장실 문 잠그는 법도 알아야 하지만 채운 단추와 묶여 있는 신발끈, 또는 허리띠를 푸는 법, 잠긴 화장실 문을 여는 법도 같이 알아야 한다.

하나부터 열까지 다 가르쳐주고 싶다. 아이들이 조금 더 의연하게 세상에 맞설 수 있게. 어떠한 '급똥'에도 당황하지 않게. 하지만 그럴 수는 없겠지. 어딘가 빠뜨린 부분이 생겨 아이들도 당황할 때가 있겠지. 그러면서 언제부터인가 본인 뒤처리는 본인이 알아서 하게 되었듯 조금씩 스스로 배우게 되겠지. 하기야 기저귀를 뗄 수 있을까 반신 반의했던 갓난쟁이들이 어느새 콧노래를 흥얼거리면서 본인들 엉덩 이를 본인들이 스스로 닦고 있지 않은가.

아이들이 목욕하러 들어갈 때 훌렁훌렁 벗어놓은 옷 무더기를 정 리하다 보면 속옷에 희미하게 구릿한 흔적이 보일 때가 있다. 하루 종 일 이러고 다닌 건가 속상하면서도 아직 내 손길이 필요하다는 사실 에 안도감이 들기도 한다. 옷을 세탁기에 넣으면서 그래도 다행이라 는 생각이 든다. 어차피 내가 하나부터 열까지 다 해줄 수는 없겠지만 그래도 해줄 수 있는 것들이 아직 많이 남아 있으니까.

우리들의
뜨거운 하루

,

비몽사몽이었지만
커다란 손이 이마를,
귓가를 만지는 게 느껴졌다

배가 고파 눈이 떠졌다. 옆 침대에 누운 엄마랑 아빠는 아직 자고 있다. 둘 다 나보다 잠이 많다.

"아~ 아~ 아궁~ 다궁~."

조용히 소리를 내어본다. 여전히 반응이 없다. 이번에는 큰 소리로 울어본다. 그제야 아빠가 깬다. '왜 벌써 깼어? 지금 몇 시지?'라고 묻는 표정이다. 난 시계도, 핸드폰도 없어요. 아빠가 부은 두 눈을 비비며 핸드폰 화면을 두드린다.

"벌써 7시 40분이네. 배고프겠다. 얼른 분유 타 줄게."

아빠가 꼼지락댄다. 말을 못하니 답답한 건 내 쪽이다. 나 배고프다고요! 5분 전부터 깨어 있었다고요! 인내심은 이미 바닥났다. 다양한 방법으로 내 마음을 표현하려 하지만, 결국 우는 것만큼 효과적인 건 없다. 내 울음이 부엌 끝까지 닿자 아빠의 움직임이 더 긴박해진다. 어느새 분유병이 내 앞으로 온다.

하루의 시작은 대체로 비슷하다. 먼저 아빠를 깨운다. 가끔 새벽 5시에 깰 때도 있는데, 이런 날은 아빠가 '미라클 모닝콜'이라 부른다. 놀리는 건지 칭찬하는 건지 모르겠다. 정작 아빠는 핸드폰에 맞춘 알람을 자주 놓친다.

하루의 시작은 같았지만 이날 오전은 조금 달랐다. 주말 내내 배탈과 몸살로 기운이 없어 웬일로 테니스 모임도 나가지 않은 아빠가 이번에는 목이 따끔하다고 했다. 뭔가 봉지에서 꺼내더니 기다란 걸 코에 넣고 살살 돌린다.

"여보, 나 코로나에 걸린 거 같은데. 자가진단키트에 두 줄 떴어."

"정말? 당신 주말 내내 송이랑 붙어 있었잖아. 어떡하지?"

"혹시 모르니 일단 나만 PCR 검사 받으러 보건소 다녀올게."

밖으로 나갔다 온 아빠가 돌아왔고, 회사로 가는 대신 마스크를 쓴 채 안방으로 들어갔다. 그날은 아빠 모습을 볼 수 없었다. 같이 놀고 싶은데 그러지 못해 속상했고, 아빠가 안아줄 때에만 보이는 풍경을 볼 수 없어 답답했다. 엄마도 마스크를 썼지만 어두운 표정은 감출 수 없었다. 엄마는 아빠랑 전화로 대화한 뒤 내게 외출복을 입혔다. 좀처럼 뛰지 않던 엄마가 유아차에 날 태운 뒤 달리기 시작했다. 보건소가 곧 끝날 시간이라고 했다. 낯선 사람들이 긴 줄을 서 있다. 잠시 뒤 정신을 차려보니 온몸에 비닐을 둘러싸고 마스크까지 쓴 사람이 고무장갑을 낀 손으로 내 얼굴 가까이 다가온다. 저 길쭉한 거… 아까 아빠도 집에서 비슷한 걸 꺼냈는데….

앗 따가워.

깜짝 놀라 울어야 한다는 것도 잊었다. 코가 따끔한 건 금세 사라졌다. 집으로 돌아온 뒤 밤에 잠들기까지 기억이 별로 없다. 몸이 뜨거워지면 아무것도 하기 싫다. 축 처지고 기운이 없다. 입맛도 없어 엄마가 저녁에 준 이유식을 거의 먹지 않았다. 그래도 엄마가 자꾸 먹이려고 해서 투정을 부리고 떼를 썼다. 이날 밤 나는 38.8도까지 열이 올랐다고 한다. 엄마는 밤새 내 곁에 누워 체온을 재거나 때때로 쓴맛과 단맛이 섞인 액체를 작은 플라스틱 통에 옮겨 담아 먹였다. 이렇게 쓴맛은 처음이다.

다음 날 아침, 엄마가 아빠에게 전화를 걸었다.

"난 PCR 검사 결과 음성이래. 당신은?"

"당신보다 일찍 검사받았는데 아직도 연락이 없네."

문 건너편에서 아빠 목소리가 들린다. 그런데 아빠는 왜 계속 안방에 있는 걸까. 둘이 다툰 건 아닌 거 같은데. 한 시간쯤 뒤 아빠가 말했다.

"방금 연락 왔어. 어쩌지? 나랑 송이랑 둘 다 양성이래."

PCR은 뭐고 음성, 양성은 또 뭘까. 모르는 단어투성이다. 다시 엄마는 아빠랑 진지한 이야기를 주고받는다. 아빠가 안방에서 나왔다. 나오자마자 나를 끌어안는다. 이번에는 엄마가 짐을 챙기더니 안방으로 들어간다. 이건 또 무슨 일이지? 어제부터 오늘까지 낯선 상황의 연속이다.

둘째 날 밤은 유독 길었다. 저녁부터 다시 몸이 뜨거워지기 시작했다. 정신을 차려보니 엄마랑 아빠가 내 기저귀만 남기고 모든 옷을 벗겼다. 가제수건을 미지근한 물에 적시더니 몸 곳곳에 문질렀고, 이마에 미끌미끌한 열 냉각시트도 붙였다. 차갑다가 이내 미지근해진다. 이상하게 눈이 자꾸 감긴다. 어제부터 두 시간에서 네 시간마다 해열제도 먹고 있다. 입을 꾹 닫아보지만, 엄마 아빠는 포기를 모른다. 이럴 때에는 나보다 고집이 세다. 안 돼! 우웩! 그중 몇 번은 간신히 먹은 밥까지 다 토해내 아빠 잠옷에 튀어버렸다.

미안해 아빠, 일부러 그런 건 아닌데… 나 그 약 도저히 못 먹겠어.

왜 자꾸 먹이는 거야. 너무 쓰다고!

새벽에 깼더니 엄마랑 아빠가 다투는 소리가 들렸다. 아빠가 해열제 먹이는 시간을 놓쳐 엄마는 단단히 화가 났다. 아빠는 해열제를 언제 먹여야 하는지 기준을 몰랐다고 했다. 엄마는 그것도 모르냐고 타박했다. 으이그, 아빠. 그 상황에서 변명을 하면 어떡해요. 좀처럼 떨어지지 않는 열 때문인지 엄마는 울면서 119에 전화를 걸었다. 구급대원 한 분이 출동했다. 어제 내 코를 쑤신 사람과 비슷한 차림이다.

"혹시 위급상황에 갈 수 있는 병원이 근처에 있을까요?"

엄마가 물었다. 구급대원 아저씨가 병원 한 곳에 전화했다. 그곳 당직 간호사가 당장 입원할 자리는 없다며 상황이 어떤지 물었다.

"산소포화도가 몇이죠?"

구급대원 아저씨는 조금 당황해하는 것 같았다.

"음, 94 정도 같은데요?"

"94요? 확실해요?"

"잠시만, 제가 다시 측정해볼게요."

내 몸에서 아무것도 측정하지 않은 아저씨가 그 수치를 어떻게 알지? 아저씨, 괜찮아요? 엄마랑 아빠는 말이 없었다. 엄마는 화가 나면 입을 닫는다. 잠시 뒤 아저씨가 집게 같은 걸 들고 다시 왔다. 내 손가락을 집으려 했는데, 그러기에는 내 손이 너무 작았다. 아무래도 제대로 측정하기는 어려워 보였다.

"새벽에 병원 가셔도 정말 위급한 상황 아니면 계속 대기하셔야 할 거예요. 열성경련처럼 진짜 위급한 때 아니면 집에 계시면서 최대한 열을 떨어뜨리는 게 나을 거예요."

아저씨는 이렇게 말하며 집을 떠났다.

아저씨 그래도 고마워요. 덕분에 더 이상 아프면 나도 곤란해질 거란 걸 깨달았어요. 아빠도 정신 차린 거 같고요.

이번에는 아빠가 수시로 내 체온을 쟀다. 자는 동안 몇 번의 알람이 울렸다 꺼졌다. 아빠는 전과 달리 알람소리에 바로 일어나는 것 같았다. 비몽사몽이었지만 커다란 손이 이마를, 귓가를 만지는 게 느껴졌다. 종종 잔기침이 나오는 아빠는 약을 먹거나 따뜻한 물을 마셨다. 아픈 동안 나도 빨대로 물 마시는 법을 터득했다. 이상하게 자주 목이 말랐다. 새벽에 깨면 아빠가 가져다준 미지근한 물을 마셨다.

열은 셋째 날 아침이 되어서야 온전히 떨어졌다. 이날 해 뜰 무렵의 짙은 노란빛을 기억한다. 그 빛이 열과 함께 집 안의 무거운 공기도 떠나보내는 것 같았다. 눈을 떠 보니 옆에서 아빠가 울고 있었다. 그런데 왜 아빠 울음은 소리가 안 날까. 아빠는 조용히 내 몸을 안으며 등을 계속 쓸어내렸다. 이날부터 거의 열흘 동안 온종일 엄마 아빠와 같이 지냈다. 밖으로 나가지 못해 갑갑했지만 때로는 「배철수의 음악캠프」를 들으며 거실에서 신나게 춤도 췄다. 이런 시간은 태어난 지 한 달쯤 됐을 무렵 아빠가 출산휴가를 쓴 뒤로 오랜만이다. 내가 웃을 때마다 엄마랑 아빠는 더 기뻐했다.

2주 후면 나도 정식으로 한 살이 된다. 코로나, 오미크론 변이, PCR

검사, 산소포화도… 이 단어들을 굳이 기억할 필요가 있을까. 대신 아
픈 동안 빨대로 물 마시는 법을 배웠고, 이도 몇 개 더 났다. 이제는 죽처
럼 떠먹는 이유식보다는 손에 쥐고 직접 먹을 수 있는 '밥전'이 더 좋다.

무엇보다 이 단어 하나는 자신 있게 발음할 수 있게 됐다. 이렇게
말하면 뭐든 극복할 수 있을 것처럼 힘이 난다.

"아~빠!"

송이 아빠의 변

2022년 2월 21일 나와 송이가 먼저, 25일 아내가 뒤늦게 코로나19에 확진
되었다가 3월 초쯤 다 같이 회복했다. 당시 재택치료 경험을 송이 시점으로
재구성해보았다. 글을 쓰는 동안 "엄마가 태어났습니다. 나와 함께"로 시작하
는 권정민의 그림책 『엄마 도감』도 떠올랐다. 돌이켜보니 온 가족이 끈끈해질
수있는 소중한 계기였지만, 내 몸도 불편한 와중에 의사 표현을 하지 못하는
아이를 돌보는 시간은 꽤나 힘들었다. 한편으로는 그제야 회사 일도, 개인 일
정도 미루며 스스로 '아빠'가 되었음을 자각하는 시간이기도 했다.

함께라서

더

괜찮은

인생
파트너들

1   **2**   **3**   **4**   **5**

고마워,
나의 작은 어른

심규성

육아휴직의
50가지 그림자

아이에게 삼시 세끼
양질의 식사를 대접하는 일은
차려주는 밥만 먹고 자란 내게
새로운 차원의 노동이었다

"처음 봤어요. 실제로 쓰는 분은."

"회사 그만두려고?"

"6개월이나? 회사가 괜찮대?"

육아휴직을 쓰겠다고 주변에 알렸을 때 반응들이다. 다들 응원보다는 걱정을 내비쳤다. 어릴 때 「뽀뽀뽀」(1985년부터 방영한 MBC 어린이 프로그램)를 보고 학습이 되어서일까. 아빠인 내가 출근하지 않고 아이만 보겠다는 사실에 적잖이 놀라는 분위기였다.

처음에는 수많은 반문이 들었다. 지금은 1980년대가 아닌, 2020년대 아닌가. 양육자로서 책임감을 갖고 아이를 돌보기 위해 휴직을 한다는데 왜 응원을 안 해줄까. 누구는 2년까지도 쓴다는데 왜 6개월 가지고 회사를 걱정할까.

그러고는 이내 깨달았다.

아, 나 '아빠'였지. 휴직 후 얼마 지나지 않아 정기적으로 사 먹는 이유식 배송에 문제가 생겨 고객 게시판에 글을 남길 일이 있었다. 답변이 달렸다는 알림을 받고 글을 확인하자마자 눈에 띈 건 내용이 아니라 호칭이었다.

"맘님, 반갑습니다."

이유식만의 문제는 아니었다. '엄마 오늘도 힘내요' '엄마의 깊이 있는 안목에 보답하도록' '엄마의 육퇴를 응원합니다' 육아를 시작하면서 매일 쓰게 된 물티슈, 이유식 택배 박스, 기저귀 뒷면에는 이런 문구들이 적혀 있었다. 18개월 아기와 들을 수 있는 백화점 문화센터

강좌들은 모두 '엄마랑 아기랑' 카테고리에 담겨 있어 수강 신청을 포기했던 적도 있다.

휴직을 하고 나니 알게 됐다. 평일 전업 육아의 세계에서 아빠라는 존재는 소수 계층에 가깝다는 것을. MBC 예능 「아빠! 어디 가?」가 나온 지도 벌써 10년이 지났고, 알고리즘에 의해 아내의 유튜브 상단에 뜨는 대한, 민국, 만세 세쌍둥이도 벌써 열 살 초등학생이 되었지만, 아직까지 평일 낮에 나와 비슷한 아빠를 마주치기란 쉽지 않은 일임을 말이다. 각종 육아 용품, 교구, 학습지 등에서 아빠가 주어로 언급되는 경우는 평일 오후 4시에 다른 아빠를 놀이터에서 볼 확률만큼이나 적었다. 대부분의 그림책에서도 아빠는 기린, 사자, 곰에 밀려 아예 존재하지도 않았다.

또 하나 와닿은 건 육아휴직 전에는 보이지 않던 육아의 어려움이다. 같은 하루인데도 월화수목금 평일은 밥 차리는 것부터 노는 것, 자는 것까지 모든 게 주말에 겪던 육아와는 차원이 달랐다. 또한 아이가 절대적 존재인 엄마의 부재를 느끼지 않게 하려면 스스로 100퍼센트를 넘어 150퍼센트 아빠가 되어야만 했다(평소 과묵한 편인 나는 휴직 이후 말을 1.5배 더 많이 하게 됐다).

멀리서 볼 때에는 모든 게 쉬워 보인다. 휴직 전에 상상했던 평일 육아가 그랬다. 밥은 시판 이유식을 전자레인지에 데워서 주기만 하면 되고, 놀이는 날 좋을 때 근처 놀이터에 나가거나 차를 타고 어디든 갈 수 있는 그런 육아. 아이가 낮잠을 자면 옆에 나란히 누워 그동안 못 읽던 책을 보거나 거실에 나와 넷플릭스를 보는 그런 육아. 지금 생각해보면 참으로 현실과 동떨어진 호사로운 육아.

게다가 이 모든 건 아이가 뜻대로 움직여줬을 때의 이야기다. 차려주기만 하면 잘 먹을 줄 알았던 아이는 본인 입에 맞는 반찬이 나오기 전에는 쉽게 입을 열지 않았고, 이런 아이에게 삼시 세끼 양질의 식사를 대접하는 일은 차려주는 밥만 먹고 자란 내게 새로운 차원의 노동이었다. 엄마 없이 호기롭게 떠난 나들이는 엄마의 부재를 더욱 절실히 느껴버리는 바람에 조금 더 말이 통할 때 같이 가기로 마음먹게 되었고, 이내 찾아온 춥고 긴 겨울은 밖에 나가길 좋아하는 내게 답답한 '집콕' 육아를 선사했다. 독박 전업 육아의 세계에서 상상했던 호사는 쉽게 찾아오지 않았다.

낯선 영역에서 비슷한 사람이나 롤 모델, 소위 레퍼런스가 없을 때 외로움과 막막함은 피할 수 없는 친구가 된다. 아내에게는 서운하게 들리겠지만, 내게 아내는 이미 능력치가 다른 사람이자 그대로 따라 하기에는 어려움이 많은 레퍼런스였다(가정의 평화를 위해 '핏이 맞지 않는 롤 모델' '차원이 다른 선구자' 정도로 정의하고 싶다).

만약 육아휴직 사실을 주변에 알렸을 때 회사원으로서의 걱정이 아닌 아빠로서의 경험담을 들었으면 어땠을까. 백화점 문화센터에 '아빠랑 아기랑' 강좌가 개설되어 아이들 나이대가 비슷한 다른 아빠들의 육아 스킬 또는 역경을 엿볼 수 있었다면 어땠을까. 만약 내가 사는 동네에 휴직한 아빠가 많아 평일 오후 4시에 다 같이 라테 한 잔을 마시며 육아가 지닌 50가지 그림자에 대해 수다를 떨 수 있었다면 어땠을까. 상상만 해도 육아가 가벼워지는 느낌이다.

어쩌면 이런 작은 갈등들을 해소하기 위해 평소 글을 거의 쓰지 않았던 내가 대뜸 육아를 주제로 글을 쓰게 된 건지도 모른다. '썬데이 파더스 클럽'에 참여하면서 꼭 남기고 싶었던 내용은 "의무와 책임을 제대로 나눠 가질 때 비로소 공동육아가 시작된다"라는 어느 책의 구절이다. 육아휴직을 하면서 비록 승진도, 성과급도 없는 새로운 직장으로 이직한 기분이지만(게다가 이 구역의 왕은 아내다), 고용노동부에서 홍보하는 것처럼 아이와 보내는 24시간이 항상 행복하지만은 않지만, 지금의 육아휴직 아니 '육아이직'을 후회한 적은 없다. 이유는 단순하다. 육아의 책무를 아내로부터 넘겨받지 않았더라면 지난 1년간 아내와 아이가 나눴던 육아의 원초적 기쁨과 고통을 이해하지 못했을 것이기 때문이다.

아내가 먼저 육아휴직을 했을 때 내가 밥 먹듯이 하던 이야기가 있다(밥이란 존재를 쉽게 여기는 표현 역시 이제는 사라져야 할 때다).

"이현이 밥 먹을 때 굶지 말고 같이 좀 먹어."

"이현이 낮잠 잘 때 같이 좀 자."

그때로 돌아갈 수 있다면 이렇게 말할 것이다.

"얼른 집에 갈게, 밥 같이 먹자."

"미안해, 남 일처럼 말해서."

아는 게 더 많아져서일까. 6개월이면 육아의 의무를 다하고 홀가

분할 줄 알았는데 막상 회사로 돌아갈 때가 되니 그렇지 않다. 되레 복직 이후 아이가 겪게 될 변화에 대한 걱정이 앞선다.

　6개월은 결코 길지 않다. 회사도 다행히 별일 없어 보인다. 어쩌면 애초부터 상관없었던 건 아닐까.

박
정
우

우리 집은
1+3

그러다 보니
가성비가 중요하다

"친구 결혼식에 큰아이 데리고 갔다 올게."

어느 날, 친구 결혼식에 세 아이 중 하나를 데려가겠다고 아내에게 호기롭게 말했다. 결혼식에 갔다 오는 서너 시간 동안 아내 혼자 셋을 보는 것보다는 둘을 보는 게 편할 거라 생각해서였다.

고맙다는 반응까지 기대한 건 아니지만 아내 반응은 생각보다 시큰둥했다. 아이 셋을 데리고 있는 거나 둘을 데리고 있는 거나 별 차이가 없다고 했다. 문제는 돌봄 대상이 몇 명이냐가 아니라 돌봄 행위 그 자체였다. 양육자 중 하나가 어디를 가려고 하면 선택을 해야 한다. 배우자에게 아이를 모두 맡기든지, 아니면 본인이 모두 데리고 가든지. 그래야 둘 중 하나라도 온전히 쉴 수 있으니까.

혼자 아이 셋을 데리고 나가는 일은 쉽지 않다. 직접 해보지 않았더라면 물리적으로 불가능한 일이라고 생각했을지도 모른다. 둘까지는 어깨에 에코백을 걸고 양손으로 한 명씩 손을 잡으면 됐지만 셋부터는 손이 부족하다. 산을 오르거나 찻길을 건널 때 손을 잡지 않은 아이 하나를 위험한 순간에 잽싸게 낚아채지 못할 수 있다는 생각에 긴장도 하게 된다. 그러다가 다른 하나가 갑자기 화장실이라도 가겠다고 하면 어떤가. 지금이야 형들은 스스로 대변 뒤처리도 할 정도가 되었지만 소변볼 때조차 일일이 바지를 내려주고 뒤에서 잡아줘야 했을 때, 아이 하나를 챙기다 보면 나머지 둘은 이리저리 뛰어다니면서 여기저기를 만졌다. 하필 화장실 안에서.

밖에서 아이 셋을 어른 하나가 데리고 있는 건 보는 사람에게도 생소한 광경이다. 밥때가 되어 식당에 들어가면 주인은 자연스레 다른 어른이 더 들어오기를 기다리며 고개를 빼고 밖을 본다. 그러다 아이 셋과 어른 하나가 전부라는 걸 깨닫고는 잠시 놀라다가 빠르게 자리를 안내한다.

누구보다 사정을 잘 아는 부모님도 처음에는 혼자 아이들을 데리고 오는 아들을 이해하지 못하는 분위기였다. "이번 주말에 제가 이렇게 하면 다음 주말에는 혼자 집에서 쉴 수 있답니다"라고 말을 몇 차례 하니 더 이상 안타까워하지는 않으셨다. 그다음 주에 아이들은 엄마와 외가에 간다. 둘이 같이 더 자주 얼굴을 비추는 며느리와 사위였으면 좋겠지만 가족의(더 구체적으로 말하자면 양육자들의) 생존을 위해 내린 결정임을 양가 부모님이 이해해주셔서 다행이다.

요즘은 퇴근 후나 주말에 잠깐씩 아이 셋과 동네 산책을 하던 적응기를 지나 주말에 1박 이상의 여행을 넷이서 자주 다니고 있다. 이렇게 한 지도 벌써 꽤 됐다. 첫째와 둘째가 초등학교에 입학한 뒤로는 아내가 평일에 수행해야 할 역할이 급격히 늘어났다. 아내가 주말에라도 쉬었으면 하는 마음에 더 열심히 밖으로 나가려고 한다.

그러다 보니 가성비가 중요하다. 호텔이나 리조트 대신 주로 국립공원이나 자연휴양림의 숙박시설을 예약한다. 시설도 괜찮고 가격도 나쁘지 않다. 운이 좋으면 다자녀 할인까지 받을 수 있다. 숙소 유형은 텐트부터 솔막, 휴양관, 카라반, 그리고 숲속의 집까지 다양하다. 왕복 20킬로미터 남짓 하는 출퇴근 거리를 다니기 위해 몇 년 전에

산 경차의 누적 주행거리는 벌써 5만 킬로미터를 넘어섰다. 이제는 쿠팡에서 산 햇반, 마켓컬리에서 산 소불고기를 에코백 대신 SSG 알비백(새벽배송 가방)에 담아 다닌다.

엄마만 찾던 아이들이 걷다가 먼저 손을 내민다. 아빠와 어디 놀러 갔을 때 먹었던 어떤 음식이 어떻게 맛있었다고 평가하고, 이번 숙소를 저번 숙소와 비교한다. 오늘 숲속에서 본 사슴벌레나 개구리 이야기를 한참 하다가 잠든다. 다음 주말에 아내가 아이들을 데리고 나가면 빈집에서 혼자 뒹굴뒹굴할 생각에 흐뭇해하며 잠든 아이들 얼굴을 번갈아 바라본다.

배
정
민

라면을
'같이' 끓이며

주의!
야심한 밤에 이 글을 읽으면
자기도 모르게 냄비에 물을 올리고
있을 수도 있어요

 세상에서 가장 맛있는 음식은? 사람마다 다른 답을 내놓을 테지만, 첫째는 단 1초의 망설임도 없이 라면이라고 답할 것이다.

 "어떤 라면?"

 "아빠, 내가 늘 말하지만, 라면은 참깨라면이 진리지."

 아이는 그동안 꽤나 여러 차례의 강화학습을 통해 제 입맛에 딱 맞는 라면을 찾아냈다.

 아이는 라면을 좋아한다. '짜파게티는 초등학교 3학년에겐 너무 어린애(?) 입맛이라서' '불닭볶음면은 너무 매워서' '튀김우동은 맛이 순해서' 등 그동안 여러 차례의 강화학습을 통해 아이는 드디어 제 입맛에 딱 맞는 라면을 찾아냈다. 나트륨 과다 섭취를 걱정해 주말 1회로 제한하지 않았다면 매일 '후루룩 면 치기'에 도전했을 것 같다. 그래, 아들. 살다 보면 한우보다 라면이 더 맛있을 때가 있다는 걸 아빠도 잘 안단다(비 오는 날에 소주까지 한잔 곁들이면 말해 뭐 해. 너도 어른이 되면 알게 될 거야).

 정신없는 한 주를 보내고 맞은 주말, 요리하기 싫어 꾀가 날 때 한 끼 정도 라면을 끓인다. 스스로에게 '아들이 제일 좋아하는 음식'이라는 핑계를 대지만, 솔직히 말하자면 매끼를 만들어야 하는 번거로움에서 조금이나마 해방되고 싶은 마음도 없지 않다.

 나른한 오후, 부자간에 눈빛이 마주치고 우리는 교감한다(말하지 않아도 알아요, 우리). 내가 먼저 싱긋거리면(라면?) 아들이 방긋(참깨라면?) 웃는다.

좋아, 하고 주방을 향해 가는데 아이가 뒤에서 한마디를 보탠다.

"나도 라면 끓여보면 안 돼? 나도 끓일 수 있을 것 같은데."

"안 돼, 그러다 데면 어쩌려고. 화상 입으면 큰일이야."

"아니, 아빠 나 초3이야, 초3."

내 거친 생각과 불안한 눈빛을 읽었는지 아이는 전에 없이 강력한 레이저를 눈에서 뿜는다. 어라, 저 눈빛은 입사 후 두 달쯤 지났을 때 신입들 눈에서 나오는 안광이렷다.

"대신 조건이 있어."

조건은 두 가지였다. 하나, 라면 봉지 뒤의 조리법을 잘 읽고 그대로 따를 것. 둘, 라면 조리법을 배우고 난 뒤에도 늘, 항상, 언제나 보호자가 옆에 있을 때 불을 켜고 라면을 끓일 것.

우리는 적당히 냄비 물을 맞춰 불 위에 올려놓았다. 물이 보글보글 끓자 아이는 물었다.

"면부터 넣어야 해, 스프부터 넣어야 해?"

"(그건 '부먹' '찍먹'만큼 논란이 많은 문제이긴 한데) 조리법에는?"

"스프 먼저 넣고 면을 넣으라는데?"

"오케이. 처음 무얼 배울 때에는 가이드를 그대로 따르는 게 좋아. 모방 후에 창조가 있거든."

30년쯤 전이었을까. 처음 라면을 끓여보겠다고 부엌에 들어가서 내 맘대로 채 익지도 않은 라면에 달걀을 때려넣고 한 젓가락 집었을 때의 비릿한 느낌이 아직도 잊히지 않고 입안을 감돈다. 주말이었을 텐데, 아마도 혼자 아니면 동생과 단둘이었을 것이다.

평소와 다르게 아이는 라면 냄비에 '초'집중하고 있었다. 끓어오르는 작은 공기 방울들이 보이자 스프와 계란블록을 먼저 넣고 면을 살짝 집어넣었다.

"달걀도 넣어야겠지?"

"그것도 내가 해볼래. 나 잘할 수 있어."

냉장고에서 파를 꺼내 썰어주고, 달걀도 한 개 건네줬다.

"달걀은 모서리에 톡 쳐서 살짝 깬 다음 양손으로 벌려 넣으면 돼."

힘 조절에 실패한 아이의 손 아래로 달걀이 껍데기와 같이 퐁당 빠졌다.

"괜찮아, 처음인데 뭘."

껍데기를 대충 건져내고 마저 끓여냈다. 라면이 완성되었다. 아들이 끓인 인생 첫 라면. 젓가락을 들고 마주 앉은 아이는 조심스럽게 묻는다.

"그래도 나… 잘했지?"

"응, 처음치고는 잘하던데? 다음에는 더 잘할 수 있을 것 같아. 그래도 아까 말한 걸 잊으면 안 된다? 집에 어른 있을 때만 같이 끓이는 거야."

"응!"

아이 눈이 별빛처럼 빛난다. 접시 바닥까지 남김없이 비운 아이는 역시 참깨라면이 제맛이라며 배를 몇 번 두드리곤 자리에서 일어났다.

 실리콘밸리 창업자들에 관한 책을 읽다 보면 중요한 순간에 빌 캠벨이라는 사람이 등장한다. 그는 원래 미식축구팀 코치였으나, 마흔에 비즈니스로 업을 전환했다. 캠벨은 애플과 구글 등 테크 기업 리더들에게 지대한 영향을 미친 최고의 코치로 꼽힌다. 구글 전 CEO인 에릭 슈미트 등이 쓴 『빌 캠벨, 실리콘밸리의 위대한 코치』(김영사 2020)에서는 캠벨이 수많은 리더들의 추앙을 받았던 이유를 '안녕'이라는 키워드로 표현한다. 코치일 때에는 승리보다 선수의 안녕에 더 관심을 가졌고, 임원들이 당신은 무엇을 위해 밤잠을 설치느냐고 물을 때면 늘 부하직원의 안녕과 성공이라고 대답했던 코치 캠벨. 그는 경영 조언을 구하는 사람에게 당신의 부하직원이 당신의 아이라 생각하고, 그들이 더 나은 사람이 되도록 도와주라고 말했다고 한다.

 아이의 인생 코치로서 나는 그 역할을 잘하고 있을까. 보통 열에 아홉은 투덕거리느라 혼이 나가 있는 보통의 아빠이지만 그래도 마음만은, 아이의 안녕을 바라는 마음만은 빌 캠벨 못지않은데.

 사실 스프를 먼저 넣든 면을 먼저 넣든 그게 얼마나 중요한 일이겠으며, 면을 그대로 넣든 반으로 쪼개 넣든 무슨 상관이 있을까. 그간의 경험상 라면은 웬만해서는 맛이 없을 수 없는, 실패하기 정말 어려운 음식이기 때문이다. 그러나 한 가지 확실한 것은, 앞으로 살아가다 보면 아이에게 라면 끓이기보다 몇 단계는 어려운 과제들이 끊임없이 생겨날 것이라는 점이다.

　다행히도 우리가 살면서 접하는 문제들을 풀어가는 절차는 사실 라면 끓이는 방법에서 대부분 크게 벗어나지 않는다. 아빠로서 지금 해줄 수 있는 건 라면 끓이는 법을 가르치는 것 정도지만, 그 과정을 통해서나마 아이가 앞으로 새로운 도전을 할 때 취하는 태도가 자연히 몸에 밸 수 있기를 바란다. 아이가 어떤 일이든 처음 발을 내딛게 될 때 섣불리 덤비기보다는 차근차근 하나씩 배워나가며 제 것으로 만드는 힘을 기를 수 있기를 바라고, 동시에 자칫 실수하더라도 더 큰 위험으로 번지지 않도록, 옆에서 재빨리 잡아줄 수 있는 코치와 함께 일을 배워나갈 수 있기를 또 바란다. 태어나서 처음 라면을 끓일 때와 마찬가지로.

　며칠 후, 아이가 쪼르르 달려와 도전적인 눈빛으로 내게 말을 걸었다. 다소 따지는 말투였다.

　"아빠, 안성탕면에는 면이랑 스프랑 같이 넣으라고 되어 있는데!?"(찌릿)

　끓이기 전에 뒷면 조리법 한 번이라도 읽어봤으면 됐다.

고마워,
나의 작은 어른

심규성

부모가 된다는
불안에 대하여

퇴근 후 처가에 맡긴 아이를 데리러 홀로 수원으로 가는 길이었다. 목적지까지는 약 한 시간. 얼마 남지 않은 자유를 만끽하기 위해 차 시동을 걸자마자 라디오를 틀었다. 가끔 챙겨 듣던 영화음악 코너가 끝나고 「배철수의 음악캠프」도 30분 뒤에는 끝나는 상황. 밴드 음악으로 채워졌던 시간은 아이의 낮잠처럼 짧게 끝나고 어느새 아이돌 음악을 소개하는 코너가 시작됐다.

주파수를 방황하며 고민하던 찰나, 처음 듣는 디제이 목소리가 귀에 걸렸다.

"여러분 곁에는 늘 뗄 수 없는 것들이 있습니다. 나와~ 뗄 수~ 없는~ 것! 떼려야 뗄 수 없는 것에 대한 사연을 보내주세요. 사소하고 재밌는 이야기도 환영합니다."

광고가 끝나고 청취자들의 사연이 차례대로 소개되었다. 손거울, 기름종이, 견과류, 보조배터리, 배드민턴⋯ 고속도로를 빠져나가며 혼잣말을 중얼거렸다.

"정말 사소한 것들뿐이네. 아이를 키우면 저런 건 충분히 뗄 수 있을 텐데."

아이와 함께 집으로 돌아오는 차 안 분위기는 사뭇 달랐다. 최대치에 가까웠던 스피커 볼륨은 차창 밖 도로 소음보다 작아졌고 핸들의 무게감은 묵직해졌다. 직진을 하든 우회전을 하든 한 손만 쓰던 나는 뒷좌석 아이를 의식하며 자연스레 두 손을 핸들에 올렸다. 룸 미러를 통해 아이가 괜찮은지 수시로 확인하면서 말이다.

　다시 고속도로로 진입할 때였다. 앞서 들은 라디오 사연이 머릿속을 맴돌았다. 2년 전의 나라면 무슨 이야기를 했을까. 아마 심야영화, 손 세차, 테니스처럼 지금은 대체 가능하지만 당시에는 절대 포기할 수 없던 것들을 이야기하지 않았을까. 지금은 어떨까. 과연 가족과 육아를 떼어놓고 말할 수 있을까.

　이제는 내게 뗄 수 없는 것들이 몇 가지 있다. 감지 못한 머리를 감춰주는 모자, 식사 또는 외출 시 그리고 기저귀 갈 때 필수인 물티슈, 육아 생필품 공백을 최소한으로 줄여주는 쿠팡과 마켓컬리, 그리고 아마 내가 아버지로 살아가면서 짝꿍처럼 붙어 있을 '불안'이란 감정이다.

　아이가 앞으로 살면서 마주할 위험들을 생각하면 불안하고 막막해질 때가 많다. 당장 운전만 해도 그렇다. 만약 옆에 오는 차가 갑자기 차선을 변경해 아이가 있는 쪽을 치면 어떡하지? 만약 내가 졸아서 갑자기 사고가 나면? 운전을 시작한 지 오래됐고 운 좋게 무사고를 유지하고 있지만, 아이를 태우기만 하면 다시 초보가 되어 운전면허 시험을 보고 있는 기분이 든다.

　스스로 통제할 수 없는 환경에서 오는 불안은 더욱 다루기 어렵다. 출산 후 아이를 처음 차에 태워 집으로 올 때가 그랬다. 분명 자주 다니던 길이었는데 그 익숙함은 온데간데없고 주변에는 모두 내 차를 위협하는 차들만 존재하는 느낌이었다. 10여 분 남짓한 거리는 한 시간처럼 느껴졌고 아파트 주차장의 과속방지턱은 아빠로서의 능력을 테스트하는 마지막 관문처럼 느껴졌다.

　도로보다 훨씬 안전한 집에서도 불안은 계속된다. 아이가 침대에 올라오기만 해도, 요리 중인 주방 근처에만 와도, 매일 앉는 아기의자에서 엉덩이를 들썩일 때도 일상의 장르가 공포물로 바뀌는 상상을 한다.

　아내의 상상력은 나보다 열 배 정도 크다. 베란다 앞에 서 있는 아이를 보며 내가 방충망에 구멍이 뚫릴까 걱정할 때, 아내는 인형도 빠져나가지 않을 것 같은 창살 너머로 아이가 떨어질 것을 걱정한다. 내가 돌봄 이모님의 지역, 시급, 일정 등 기초 요건들을 고민할 때 아내는 자칫 모르는 타인이 아이에게 나쁜 짓을 할까 걱정한다.

　불안은 결국 아이를 조금 더 안전하고 건강하게 돌보고 싶은 마음으로, 우리를 더 좋은 방향으로 이끈다. 하지만 때로는 너무 버거워 이미 갖고 있던 자신감마저 잃게 만들고, 부부싸움까지 하게 만드는 대단한 녀석이다.

　집에 도착해 아이를 침대에 눕히고 아내에게 우연히 들은 라디오 사연과 정리되지 않는 생각을 말했다. 아내는 핸드폰에 메모해놓은 책의 한 구절을 보여주며 답했다.

　"출산 전에 이 글이 힘이 됐어. 읽어봐."

　글을 읽은 내 마음은 이내 편안해졌다. 내가 평생 쓰지 못할, 담담한 위로의 글 같아서 그대로 옮겨본다.

작고 평온한 세계에서 부침 없는 삶을 사는 것이야말로 행복이 아닐까 싶은 날도 있다. 그럼에도 불구하고 아이들은 태어난다. 아이들의 충만한 세계와 텅 빈 마음은 왜 흔들렸을까. 마음의 비율은 어째서 태어나는 쪽으로 기울었을까. 아마도 자라고 싶었기 때문일 것이다. (중략) 그런 의미에서 두 아이는 모두 스스로 알을 깨고 나온 용감한 아이들이다. 그리고 그 용기는 부모를 응원하고 위로한다.

아이의 탄생에 오직 부모의 의지만 개입했다고 생각하면 아이의 모든 행불행은 부모의 책임이 된다. 부모의 미숙함과 세상의 불완전함은 아이를 돌보는 마음에 자주 죄책감을 불러일으킨다. (중략) 하지만 내 아이가 스스로 선택해 나에게 와준 것이라면 부모는 씩씩해질 수 있다. 함께 힘을 내볼 수 있다. 아이도 용기를 내줬으니까.

—『이상하고 자유로운 할머니가 되고 싶어』

(무루(박서영) 지음, 어크로스 2020) 중에서

아이를 내 힘으로 키웠다고 말하기 민망할 때가 많다. 처음으로 제 몸을 뒤집었을 때, 허리를 꼿꼿이 펴고 앉았을 때, 젖병을 떼고 수저로 밥을 먹기 시작했을 때에도 양육자로서 한 거라곤 핸드폰으로 영상을 찍은 게 전부였다. 필요한 자극과 좋은 환경을 제공하려고 노력했지만, 성장 자체는 스스로 한 셈이다.

아내와 내가 부모가 되고 매일 찾아오는 불안을 이겨내는 데 아이의 용기 있는 성장은 언제나 큰 힘과 위로가 된다. 부모가 아이의 불안을 돌보듯 아이도 부모의 불안을 돌봐준다고 생각한다. 부모와 자식의 관계 역시 일직선이 아니라, 각자 역할을 채우며 '가족'이라는 모양을 완성해나가는 게 아닐까.

안락한 엄마 배 속을 나와 하루하루 모험을 하고 있는 아이가 갑자기 어른스러워 보인다.

고마워, 나의 작은 어른.

1차 경고를
무시하지 마세요

파울이 누적되면
바로 퇴장당한다

룸 미러를 슬쩍 본다. 송이는 잠든 것 같다. 나지막한 목소리로 아내에게 말한다.

"이따 집에서 마저 이야기하자."

돌잔치를 마치고 집으로 오는 길. 차 안에서 아내와 다투고 말았다. 서서히 억양이 높아지다가 아차 싶어 송이를 살핀다. 행사 주인공은 피곤했는지 이미 자고 있다. 밤 9시 30분이 넘어 집에 도착했고, 송이는 마지막 분유도 마시다 말고 잠들었다.

"피곤한데 내일 이야기할까?"

"아니야, 서로 불편한 기분으로 시간만 끌면 오히려 안 좋을 거야."

그 와중에 맥주 한 모금이 절실해 캔 하나를 딴다. 치이익. 효모가 발효하면서 내뿜는 탄산가스 소리가 유독 요란하다. 오늘 밤은 그동안 쌓인 걸 다 꺼내야겠다고 다짐한다. 설령 그게 맥주 거품처럼 시간이 흐르면 꺼질 걸 알면서도 말이다. 아내는 물 한 잔, 나는 맥주 한 잔을 놓고 대화를 이어나간다.

"서로에게 서운한 게 있으면 하나씩 말해보자. 고쳤으면 좋겠는 점도 하나씩 알려줘."

하나씩 알려달라고 한 이유는 단순하다. 둘 이상 넘어가면 기억을 못 하기 때문이다. 하나조차 고치기 어려워 집안 행사를 마칠 때마다 티격태격해왔다.

2018년 4월, 본 결혼식에 앞서 운경고택에서 가까운 친구들에게

청첩을 보내는 행사를 준비할 때에는 좌탁 위에 서예용 붓을 몇 개 놓느냐는 문제로 다투기도 했다. 나는 그날 방문할 손님 숫자 중 서예를 동시에 할 법한 인원을 고려해 두 개면 충분하다고 했고, 아내는 네 개를 고집했다. 행사가 당장 다음 날인데, 준비한 붓이 두 개뿐이라 아내 뜻대로 하려면 화방에서 두 개를 더 사 와야 했다. 아마도 내가 가야겠지. 저항할 수밖에 없었다.

아내 양수현(이하 양실장)과 결혼한 지 4년이 되어간다. 5년째 같이 살다 보니 부부간 다툼에도 나름의 역사와 맥락이 생겼다. 이제는 갈등 요인을 서로가 그 누구보다 잘 안다. 다툼의 촉매만 조금씩 바뀔 뿐. 지난 아이템이 붓이었다면 이번에는 넥타이와 정장 양말이다. 모두 내가 챙겨야 하는 것들이다.

"송이 돌잔치 때 넥타이랑 정장 양말만 잘 챙겨줘."

몇 주 전부터 양실장이 신신당부를 했지만, 나는 건성으로 대답하고 챙기지 못했다. 변명을 하자면 육아휴직을 개시하기까지 회사 일을 마무리 짓느라 바빴고, 휴직 뒤에는 육아를 전담하느라 매일매일 그로기 상태가 되어 뻗었다. 그럼에도 좋아하는 테니스는 꼬박꼬박 치러 갔으니 변명이 맞다. 실은 무심했다. 결국 양실장이 돌잔치에 관한 모든 걸 준비했고, 나는 넥타이와 정장 양말 하나 제대로 챙기지 못해 양실장에게 싫은 소리를 듣고 말았다. 이렇게 '팩트'만 적으면 잘잘못이 분명한데, 어리석게도 또 실수를 범했다. 연료가 다 떨어진 전투기 안에서 비상탈출 레버를 당겼어야 했는데, 전투기를 살리겠다며 비상착륙을 시도한 격이랄까.

"그깟 양말 하나 내 마음대로 신게 좀 놓아줘. 왜 이것까지 간섭해?"

전투기는 비상착륙에 실패했고 거친 바다 표면에 수직으로 박혔다. 아내 마음에도 생채기가 났다. 육아휴직을 하며 다짐한 세 가지가 있는데, 그중 하나가 깨져버린 순간이었다. 양실장에게 화내지 않기, 아이에게 화내지 않기, 스스로에게 화내지 않기.

양실장은 지난 1년 3개월, 출산휴가와 육아휴직 동안 내게 서운했던 점을 토로했다.

"「배철수의 음악캠프」가 마지노선이었어. 그거 끝날 때까지 당신을 얼마나 기다렸는지 알아? 버티고 또 버텼다고. 당신 육아휴직 때 곰곰이 느껴보길 바라."

야근을 많이 한 건 아니지만 내 귀가 시간은 종종 저녁 8시를 넘기는 등 애매하게 늦었고, "오늘은 꼭 일찍 퇴근하겠다"라는 말로 양실장을 더 힘들게 했다. 인정할 수밖에 없었다. 겨우 육아휴직 3주 차인데 벌써 힘들기 때문이다. 양실장이 일찍 귀가하는 날이면 그렇게 든든하고 고마울 수가 없다. 7시까지만 귀가해줘도 기쁘더라.

자정 무렵, 나는 다툼 막바지에 잘못을 인정하며 사과했고 너무 피곤해진 우리는 금세 잠들었다.

다음 날 아침, 영문도 모를 송이가 먼저 깼다. 양실장이 늦잠을 잘 수 있도록 송이를 유아차에 태워 밖으로 나섰다. 일요일의 청계천은 어제 다툼이 가소로울 정도로 평화로웠고, 공기도 모처럼 깨끗하고 상쾌했다. 마트에서 장만 보고 오려고 했는데, 아까운 날씨라 양실장에게 전화를 걸었다.

"날도 좋은데, 근처에서 간단히 아점이라도 먹을까?"

송이가 낮잠이라도 자주면 참 좋았을 텐데, 아이는 도무지 잘 생각이 없어 보였다. 우리는 대신 신당 중앙시장 근처에 갓 생긴 에스프레소 바에 들러 음료를 한 잔씩 주문했다.

"네가 변해야 모든 게 변한다 Everything changes when you change."

에스프레소 바 유리창에 붙은 문구를 읽으며 비로소 정신이 번쩍 들었다. 작가이자 연설가인 짐 론의 말이란다. 우리의 부부싸움에는 패턴이 있다. 갈등 상황에서 둘 다 솔직하게 이야기하는 편인데 매번 내 말이 엇나간다. 후반부에 이르면 뿌옇던 게 또렷이 보인다. 그건 바로 내 잘못. '아, 이번에도 내 잘못이 맞구나.' 상대방 입장에서 충분히 공감하며 복기해보면 이렇게까지 싸울 일이 아님을 깨닫는다. 빳빳한 재질의 새 검정양말 하나만 잘 챙기면 됐을 일인데. 나부터 변했어야 했는데. 머쓱해진 나는 론의 문장을 보며 다시 용서를 구했고, 우리는 다행히 다툰 뒤 24시간 내에 화해할 수 있었다.

"현님이 당시 어떤 기분이었을지 알 것 같아요. 저도 반항아 기질이 있잖아요. 하지만 전 1차 경고를 절대 무시하지 않아요. 농구 경기에 비유하면 파울이잖아요. 파울 누적되면 바로 퇴장당한다고요."

며칠 뒤 지인에게 자초지종을 말했더니 이런 답이 돌아왔다. 그는 내게 오반칙 퇴장을 주의하라고 덧붙였다.

육아가 어려운 이유는 공동의 양육자가 있는 상황에서 아이를 함께 키우기 때문이다. 비유하자면 프로덕트는 하나인데 프로덕트 오너 또는 매니저가 여러 명인 셈이랄까. 그러므로 부부생활의 두 번째 장인 육아는 긴밀한 소통이 매우 중요하다. 가정마다 주 양육자는 다르겠지만 기본적으로 엄마가 고려하는 범위를 아빠는 따라가기도 어렵다.

『파친코』를 쓴 이민진 작가는 2019년 하버드 래드클리프 연구소 강연에서 '어떻게 하면 소설을 통해 일본인과 재일조선인의 간극을 메울 수 있느냐'라는 질문에 이렇게 답했다.

"제가 시도하는 건 역사에 대해 정직한 자세를 취하는 일이에요. 논쟁의 한 부분에서 어떤 작업을 시작할 때 종종 증거나 현실 앞에서 제 주장이 틀렸다는 걸 직면하기도 하죠. 그럼 현실로 돌아와 선입견을 바로잡아요."

우연히 그의 강연 영상을 접하면서 우리 부부가 겪은 '돌치레'가 떠올랐다. 역사는 국가나 민족뿐 아니라 가족 단위에도 존재한다. 나 역시 논쟁을 접할 때 증거나 현실을 무시하면 안 될 일이다.

역사는 그 모습을 조금씩 바꿀지언정 반복된다고 하지 않나. 실수를 망각할 미래의 나에게, 그리고 돌잔치를 앞둔 모든 아빠에게 부탁한다. 돌잔치 때 양복을 입어야 한다면 단정한 넥타이와 양말을 꼭 챙기시길. 특히 나처럼 아무것도 안 할 거면 방해도, 뒤늦게 지적질도

금지다. 안 그러면 퇴장당하니까. 모든 부부의 건강한 페어플레이를
기원한다.

아이 덕분에
직장을 구했다

강혁진 ●

● ● ● ●

'

누군가에게 동기를 부여하고
새로운 활력을 불어넣으며
움직이게 하는 힘,
그 힘이 아기에게도 있다

2022년 5월, 취업을 했다.

'뭐든 하면서 먹고살 수 있겠지'라는 생각으로 다니던 직장에 사표를 낸 게 2017년 6월이다. 퇴사 후 5년이라는 짧지 않은 시간 동안 다양한 일들을 했다. 회사를 그만두고 가장 먼저 시작했던 건 강의였다. 대학, 기업에 나가 마케팅 강의를 했다. 회사를 다니며 따든 레고 시리어스 플레이 LEGO Serious Play (레고 브릭을 활용해 팀 빌딩, 협업, 리더십, 기업 비전 등 추상적 가치와 비전을 시각화하도록 돕는 교육법) 퍼실리테이터 자격증 덕분에 여러 곳에서 워크숍을 진행하기도 했다.

퇴사하고 6개월이 지나 2018년 새해가 밝았다. 강의 초보였던 내게 이른바 강의 비수기가 찾아왔다. 강의 문의가 뜸한 연초가 되면 베테랑 강사들은 주로 강의 원고를 업데이트하거나 책을 쓴다고 했다. 나는 좀 더 재미있는 걸 해보고 싶었다. 1인 기업이나 퇴사에 관한 이야기를 나누고 싶었다. 바로 페이스북에 사람들을 모으는 글을 올렸다. 일주일 뒤 40여 명의 사람들로 시작한 '월간서른'은 1년 뒤 100명이 넘는 인원이 참여하는 모임으로 성장했다. 책을 쓰기도 했다. 나를 포함해 다섯 명의 지인이 6년간 이어온 팟캐스트 「마케팅 어벤저스」를 끝내며 첫 책 『마케팅 차별화의 법칙』(천그루숲 2019)을 썼다. 첫 책을 시작으로 한 해에 한 권씩, 총 세 권의 책을 썼다. 그 덕에 회사원일 때에는 꿈 같던 출간이 이제는 루틴으로 자리 잡았다.

그런데 위기가 닥쳤다. 역병이 발병했다. 하고 있던 모든 일이 한순간에 무너졌다. 강의, 워크숍, 그리고 '월간서른'까지. 오프라인 모임이 머뭇거리는 사이 '월간서른'의 유튜브 채널을 시작했다. 나름의 성과도 있었다. 하지만 여전히 뭔가 부족했다.

이게 맞나…?

나에게는 늘 '하고 싶은 일'이 있었다. 회사에 다닐 때에는 강의를 하고 싶었고, 강의할 때에는 책을 쓰고 싶었다. '월간서른'을 할 때에는 사업을 하고 싶었다. 그런데… 어느 순간 하고 싶은 일이 사라졌다. 아무리 생각해봐도 그 어디에도 에너지를 쏟고 싶지 않았다. 아이가 태어난 건 그즈음이었다. 하루하루 귀여움과 사랑스러움을 갱신하는 아이 얼굴을 보다가 문득 질문이 떠올랐다.

난 진짜 뭘 하며 살고 싶은 걸까?

난 어떤 일을 하며 살아야 할까?

만약 아이가 없었다면 이런 고민보다는 당장 눈앞에 보이는, 손에 닿는 일을 이어갔을 것이다. 아이가 태어난 후에는 조금 달라졌다. 이 아이와 오랜 시간 함께 행복한 삶을 살아가고 싶어졌다. 그러려면 하고 픈 게 없다며 멈춰 있을 수 없었다. 빠르고 깊게, 다음 단계를 고민하고 결정해야 했다. 결국 마케팅과 글쓰기를 떠올렸다. 이 두 가지를 할 수 있다면 다른 일들은 모두 하지 않아도 좋다고 생각했다. 글쓰기는 어떤 일을 하든 꾸준히 해나가면 될 터였다. 하지만 마케팅은 회사라는 조직에서 더 잘할 수 있는 일이었다.

그럼 어떤 회사에 갈 것인가. 대기업에는 가고 싶지 않았다. 성장의 기회가 있는 스타트업에 가기로 결정했다. 몇몇 유명 스타트업에 지원했다. 어디든 한 곳은 붙을 거라는 근거 없는 자신감이 있었다. 결과는 냉혹했다. 몇 번에 걸쳐 고배를 마시다가 생각을 바꿨다. 나를 모르는 사람에게 나를 알리기 위해 노력할 것이 아니라, 나를 아는 사람에게 제안해보자. 일할 회사를 찾는다는 짧은 글을 페이스북에 올렸다.

저와 함께할 회사를 찾고 있습니다.

(취업 준비 중이란 얘깁니다.)

- 13년 차 마케팅 전문가로서 마케팅 전반에 걸친 기획 및 운영 업무 수행이 가능합니다.
- 마케팅을 베이스로 사업전략 수립, 제휴, 프로모션, 온·오프라인 광고 커뮤니케이션 등의 업무 수행 경험을 보유하고 있습니다.
- 신규 브랜드('월간서른')를 만들어 기업(카카오, 배달의민족, 퍼블리, CGV 등) 제휴(오프라인 사업 및 온라인 콘텐츠)를 통한 브랜딩 경험을 보유하고 있습니다.
- 그 밖에 콘텐츠 기획·제작 및 신사업 기획·추진이 가능합니다.

추천, 제안 열려 있고요, 대기업보다는 스타트업에서 일해보고 싶습니다. 관심 있는 분들은 메시지 주시면 이력서 전달드리겠습니다.

감사하게도 60개가 넘는 회사에서 이력서나 만남을 요청했다. 그 중 30개 회사의 대표들을 만났고, 최종적으로 한 곳을 선택했다.

다시 취업하기 잘했다는 생각을 자주 한다. 좋은 대표, 좋은 회사, 좋은 팀원들을 만난 것도 그 이유 중 하나지만 가장 큰 이유는 따로 있다. 마케팅을 고민한다는 것 자체가 너무나 즐겁다. 좋아하는 일을 직업으로 갖는 게 얼마나 즐거운 일인지 새삼 깨닫고 있다.

이 모든 결과의 시작은 아이였다. 세상에 지키고 싶은, 오래도록 함께하고 싶은 사람이 생긴다는 건 참 귀한 일이다. 사랑하는 사람이 생긴다는 것은 자신으로 하여금 더 좋은 사람이 되고 싶은 욕망을 불러일으키는 일이기 때문이다.

누군가는 속칭 '분유 값을 벌어야 한다'는 책임감 때문에 취업한 것 아니냐고 할지 모른다. 하지만 내 생각은 다르다. 돈은 어떤 일을 해서든 벌 수 있다. 내 사업을 하면 회사를 다니는 것보다 더 큰 돈을 벌 수도 있다. 다시 회사로 돌아가 마케팅을 하게 된 건 돈을 벌어야 한다는 책임감뿐 아니라, 자신의 사명을 고민하고 그 사명을 해낼 수 있는 일을 진심으로 하는 사람이 되고 싶기 때문이었다. 나에게 그 사명은 마케팅을 하는 것이라 생각했다. 그리하여 내 영역에서 진심으로 온 힘을 다하는 사람으로서 내 아이 곁에 남고 싶다.

누군가에게 동기를 부여하고 새로운 활력을 불어넣으며 움직이게 하는 힘, 그 힘이 아기에게도 있다. 아직 걷지 못하고 말도 못하는, 이제야 아랫니 두 개가 나고 윗니 두 개가 조금씩 잇몸을 비집고 나오는 아이. 매일 아침 이 작은 아이의 온몸에서 뿜어져 나오는 생명력을 느끼며 출근길에 나선다. 아이와 최대한 오래오래 함께하기 위해.

복직의
50가지 그림자

심규성

육아휴직에서
돌봄 전쟁으로

일요일 밤 11시, 잠들 무렵 장모님께 전화가 왔다. 처남이 코로나로 의심되어 내일 아이를 돌봐주지 못할 것 같다는 내용이었다.

아내와 나는 당황할 겨를도 없이 시간제보육(시간제보육 제공기관으로 지정된 어린이집이나 육아종합지원센터에서 시간 단위로 보육 서비스를 이용하고, 이용한 시간만큼 보육료를 지불하는 보육 서비스)을 신청하기 위해 아이사랑 사이트에 접속했다. 다행히 자주 가던 서대문구 육아종합지원센터에 빈자리가 있었고, 오전 11시부터 오후 5시까지 총 여섯 시간의 돌봄을 신청했다. 매일 아침 출근길에 세 시간씩 맡겨본 적은 있으나 여섯 시간은 아이에게도, 우리에게도 처음이었다.

이 도전에 성공하려면 몇 가지 전제 조건이 필요했다.

1. 아침에는 아내가, 오후에는 내가 반차를 쓸 수 있을 것.

2. 내가 퇴근할 즈음 회사 미팅이나 클라이언트 문제가 없을 것.

3. 하루 동안 아이가 좋은 컨디션을 유지하며 처음 겪는 시간대에 적응하고 아빠를 기다려줄 것.

모든 조건에 운이 따라야 했지만, 세 번째 조건은 단순한 운을 뛰어넘는 우주의 기운이 필요해 보였다.

다행히 결론은 해피엔딩이었다. 우리 부부 모두 제시간에 반차를 쓸 수 있었고, 회사도 클라이언트도 별문제가 없었으며, 육아종합지원센터 시간제보육실 창문 너머로 보이는 아이 표정도 편안해 보였다. 정확히는 '아빠가 왜 왔지?'라는 표정이었다.

예정보다 일찍 도착한 나는 아이와 귀갓길에 쇼핑몰까지 들러 평일 저녁 한산한 레스토랑에서 저녁도 같이 먹고 행복하게 하루를 마무리했다. 이렇게 글로 적으니 순한 시간만 있던 하루 같지만, 그날 오후 아이를 마주하기 전까지 머릿속에서는 최악의 시나리오가 여러 번 지나간 후였다.

6개월 육아휴직 후 복직을 했다. 개념상 육아 풀타임에서 직장 풀타임으로 전환하는 게 맞지만 현실은 그렇지 않다. 일하다가 기저귀 라이브방송 핫딜이 뜨거나 떨어져가는 물티슈가 떠오르면 급히 반찬이나 생필품까지 더해 쇼핑을 하고, 회의 중 미처 예약하지 못한 시간제보육이 떠올라 아이사랑 사이트에 접속하기도 한다. 시간제보육실 선생님이나 장모님께 전화가 오면 반차 쓸 각오부터 하고 통화 수신 버튼을 누른다.

휴직 전에는 직장이 본업이고 육아가 부업인 걸 당연시했다. 하지만 지금은 본업에 복귀한 것 같지 않다. 전업 육아를 겪어보니 육아가 본업이고 직장이 부업인 느낌이랄까. 심지어 때로는 모든 게 파트타임으로 느껴진다. 육아휴직은 내 삶은 물론, 일을 대하는 태도에 많은 변화를 가져왔다. 그동안 남아도는 시간을 펼쳐놓고 일해왔다면, 이제는 퇴근 시간에 좋든 싫든 책상에서 손을 떼고 노트북을 가방에 넣는다. 잔업은 집에서 한다. 아이 저녁을 먹이고 씻기고 재우고 난 뒤에.

결혼 전에는 일주일 내내 철야하던 삶도 있었지만 이제는 그때를 상상하기 어렵다(집에서 쫓겨나는 것과 더불어 아이도 "아빠 싫어!"를 외칠 테니까). 한때는 일로 성공하고 싶었지만 지금은 많은 욕심을 내려놓았다.

휴직 기간에 아이랑 오후 4시쯤 동네를 산책할 때마다 보던 광경이 있다. 어린이집 근처로 모여드는 부모와 부모에게 안겨 하원하는 아이들의 모습이다. 어느 날 머릿속에 물음표가 떠올랐다. 돌봄 이모님이나 조부모님의 도움 없이 직장을 다니는 엄마 아빠의 시간표와 아이의 시간표가 공존할 수 있을까? 누군가의 도움을 받지 않거나 받을 수 없다면 내가 일을 그만둬야 하는 걸까? 그런데 단지 아이가 생겼다고 잘 다니던 직장까지 관두는 건 좀 이상한 거 아닌가?

맞벌이 부부가 온전히 직장을 유지하면서 안정적으로 아이를 돌볼 수 있는 방법은 많지 않다. 퇴근 시간까지 아이를 돌봐주는 연장보육 어린이집에 다니거나, 하늘이 맺어준다는 '이모님'을 만나거나, 또는 우리 부모님들의 도움을 받는 정도다. '육아기 근로시간 단축'이라는 멋진 제도가 있지만 이미 육아휴직을 사용한 부모는 쓸 수 없다. 최대 2년이라는 기간 역시 아이에게 돌봄이 필요한 절대적 기간을 고려할 때 턱없이 부족해 보인다.

복직을 앞두고 우리 부부 앞에 놓인 선택지는 한정적이었다. 대기 중인 어린이집은 자리가 날 기미가 안 보였고, 장모님은 원래 하시던 일이 있어 육아를 부탁드리기 죄송했다(본가에는 할아버지만 계신다). 유일한 대안은 '이모님'을 구하는 것이었다. 부모님을 대신할 만큼 '좋은 이모님'을 구해야 했는데, 하늘의 별 따기였다. 한정된 예산, 믿을 만한 플랫폼의 부재, 아직 챙길 게 많은 자녀의 나이 등 수많은 이유가 있었지만 아내와 합의점을 찾는 일이 가장 어려웠다.

"복직까지 시간이 얼마 없어서 빨리 돌봄 선생님을 구해야 할 것 같아."(나)

"빨리 구한다고 해결되는 건 아니잖아. 이현이와 잘 맞는 분인지, 이현이가 적응할 수 있는지가 더 중요한 거 아니야?"(아내)

아내의 한마디에 내 눈에 장점이 확실해 보이는 후보자들이 우수수 떨어져나갔다. 내가 10가지를 걱정할 때 아내는 50가지를 걱정하는 타입이었다. 둘의 성향 차이만은 아니었다. 아이에 대한 걱정은 아내가 훨씬 더 구체적이고 섬세했다(실제로 어떤 육아 서적은 아빠와 엄마의 걱정 스펙트럼을 표로 비교해놓기도 했다). 당장 이모님을 구해야 한다는 마음과 좋은 이모님을 구해야 한다는 기준이 충돌하면서 우리 부부 역사에 길이 남을 싸움을 한 적도 많았다.

결국 복직을 몇 주 앞둔 어느 날, 이런 사정을 눈치챈 장모님께서 구원의 손길을 내밀어주셨고, 우리의 이모님 논쟁도 끝이 났다. 죄송스러우면서도 아이에게 장모님만큼 완벽한 대안은 없기에 거절할 수 없었다.

부부가 번갈아 육아휴직할 때의 육아가 1인 전담 체계라면, 복직 후 육아는 실시간으로 바뀌는 협업 체계에 가깝다. 장모님과 우리는 매주 전략회의를 하듯 서로의 일정을 공유하고 시간제보육과 휴가 계획을 같이 짠다. 평일 출퇴근길에 우리가 사는 일산과 장모님이 계신 수원을 오가며 아이를 맡기기도 데려오기도 하며, 갑자기 장모님

일정이 어려워진 날에는 급히 반차를 내곤 한다. 명료하게 설명하기 어려운 불규칙적인 돌봄 체계지만 우리에게 이런 변수와 예측 불가능성은 일상이 됐다. 다행히 아이도 불규칙 안에서 규칙을 찾으며 잘 적응하는 모습이다.

"그럼 이제 아이는 누가 봐주세요?"

"장모님께서 봐주고 계세요."

복직을 하고 자주 듣는 질문과 반복하는 답변이다. 장모님이 올 한 해 동안 아이를 돌봐주실 수 있다고 했을 때 내가 느낀 감정을 다른 사람도 느끼는 걸까. 호기심, 불안, 걱정을 담아 질문하던 그들의 표정이 '장모님'이란 단어 한마디에 안도의 표정으로 바뀌곤 한다. 유일하게 안도감이 아닌, 공감과 걱정을 표한 건 누군가의 장모님이자 아이를 돌봐주고 있는 외할머니인 친척 고모였다.

"너희도 이제 육아 전쟁이구나."

이미 전쟁을 겪고 있는 고모의 짧은 한마디에는 많은 것이 암시돼 있는 것 같았다. 우리 부부가 겪을 전쟁, 장모님이 겪을 전쟁, 그리고 아직 경험하지 못한 미지의 전쟁까지 말이다(갑자기 아픈 처남을 돌보는 장모님 모습이 떠오른다).

아이는 알까. 자신을 돌보기 위해 엄마, 아빠, 할머니, 때로는 할아버지까지 다 같이 노력한다는 걸. 오히려 모르는 게 좋을까. 마치 물 밑에서 발버둥 치는 오리도 물 위에서는 평화로워 보이는 것처럼.

우리는
보물들과
이별하며 커간다

배정민

그렇게 한발 더
세상 앞으로

열 살 무렵 책상 맨 아래 고이 간직하던 과일상자를 선명하게 기억한다. 어느 명절날 제 소임을 다하고 사라질 운명이었던 그 노란색 상자는 아버지의 신들린 테이핑을 거쳐 몇 해는 두고 써도 될 법한, 튼튼한 나만의 수납공간으로 재탄생했다. 그 상자는 세상 무엇과도 바꿀 수 없는 나만의 소중한 보물창고였다. 동그란 딱지와 구슬, 당시 최고 인기였던 골라이온 로봇 장난감과 레고 기사단 피규어, 그리고 자잘한 프라모델 장난감들이 들어 있었다. 하나하나 정성스레 모았던 보물들인지라 꺼내 놀다 집어넣을 때가 되면 부서질세라 조심조심 차곡차곡 정돈해 넣곤 했다.

성인이 되고 나서 영화 「토이 스토리 3」을 보러 갔을 때, 그 과일상자가 퍼뜩 떠올랐다. 대학생이 된 앤디가 상자 속에 간직해온 장난감들을 보니에게 물려주는 장면을 보며 오랫동안 잊고 있던 내 상자 속 보물들이 생각났다. 행여나 고장 날까 애지중지하며 갖고 놀던 감정이 여전히 생생한데, 정작 그 상자와 어떻게 이별을 고했는지는 깨끗하게 백지로 남아 있다. 영화 속 앤디처럼 쿨한 모습으로 다른 아이에게 전해주지 않은 것만은 확실하다. '어쩌면 그렇게 까맣게 잊어버릴 수가 있지?' 영화관을 나서며 나 자신을 잠시나마 책망했던 기억이 오래 뇌리에 남았다.

정신없이 아이를 낳아 키우다 보니, 어느덧 아이들 방은 갓난아이 시절부터 모아온 장난감으로 뒤덮이기 시작했다. 얼마 전 주말, 더 이상 내버려뒀다가는 발 디딜 공간조차 없겠다 싶어 장난감을 정리하기로 마음먹고 하나씩 자루에 담기 시작했다. 아무리 극렬히 저항해도 이제는 어쩔 수 없다, 최대한 심각한 표정을 지으며 아이들에게 통보했다.

"더 이상 갖고 놀지 않는 장난감들은 다 나눠 주거나 버려야 해."

"응? 그래."

예상 밖의 반응이었다. 그동안 애면글면 모아뒀던 장난감들을 다른 아이들에게 나눠 준다는데 눈길 한번 주지 않고 순순히 응하다니, 잘못 들었나? 처음에는 못 사서 그렇게 안달했으면서? 잘 때도 늘 꼭 껴안고 자던 인형들도 있는데? 몇 번을 물어도 아이들의 반응은 크게 달라지지 않았다.

처분해도 좋다고 승낙한 장난감들을 쓸어 담으니 큰 자루로 몇 포대가 나왔다. 10여 년 가까이 동고동락한 장난감들을 동네 아이들에게 나눠 줄 것, 재활용센터로 보낼 것, 분리수거함에 넣어 버릴 것으로 따로따로 정리했다. 여전히 티는 별로 안 나지만 그래도 느낌상으로나마 조금은 널찍해진 아이들 방을 쓸고 닦다 보니, 그제야 이유를 조금은 알 것 같았다.

매일 부대끼느라 잘 몰랐지만, 이 녀석들, 어느새 한 뼘 자랐다. 예전에는 죽고 못 살던 장난감 친구들과 이제는 제법 쿨하게 이별 인사를 나눠도 되는 나이가 된 것이다. 그렇게 인생의 다음 단계를 향해 조금씩, 부지런히 나아가고 있었다.

그제야 어릴 적 소중히 간직했던 그 과일상자가 다시 떠올랐다. 한

때 애정하던 장난감과의 이별을 기억하지 못하는 것은, 어쩌면 당연한 일이다. 커가는 과정에서 겪는 인생의 통과의례 그 이상도 이하도 아닐 테니. 나는 오랫동안 묵혀왔던 내 보물들에 대한 미안한 감정을 조금이나마 내려놓을 수 있었다.

장난감들도 슬퍼하지는 않을 것이다. '로보카폴리'는 함께 놀며 어려운 상황에 처한 친구를 도와야 함을 가르쳐줬고, '슈퍼윙스 호기'는 대한민국 말고도 이 세상에는 수많은 나라가 있고, 다양한 문화적 배경을 가진 친구들이 있다는 사실을 일깨워주었다. 멋진 장난감 친구들이 세상에 첫발을 내딛는 데 도움을 주었기에 아이들은 함께 노는 동안 한껏 즐겁고 행복했으며, 그 덕택에 한발 더 세상 앞으로 나아갈 수 있었다.

장난감들은 이미 제 역할을 다하고도 남았다. 비록 아이들이 자신의 유년 시절을 함께 빛내준 장난감들과의 이별을 또렷이 기억하지는 못한다 해도, 장난감들도 더 이상 아쉬움은 없을 것이다.

"너희들, 그래도 그동안 잘 놀아준 장난감 친구들에게 고마웠다고, 잘 가라고 인사 정도는 해줘야 하지 않겠어?"

이별의 순간, 아니 인생의 통과의례를 먼저 겪은 아빠로서, 적어도 나중에 아이들이 이 순간을 조금은 더 생생하게 기억하길 바라며 한마디 거들었다. 아이들은 짐짓 부끄러운 듯 쭈뼛쭈뼛 걸어 나와 제 장난감들에게 작별 인사를 건넸다.

이렇게 멋지게 이별해놓고 설마 이번 어린이날에 새 장난감을 사달라고 하지는 않겠지? 생활인 아빠로서의 소심한 바람이 가슴속에서 올라오지만, 들킬까 지그시 눌러본다. 아이들보다 못난 아빠가 되지는 말자며.

그간 아이들의 동반자로서 훌륭히 제 몫을 다해준 장난감들에게 감사를 전한다. 그리고 어린 시절 상상력을 한껏 고양시켜줬던 그 시절 내 장난감들에게도 이제나마 경의를 표한다.

육아에
해방은 없다

아이 밥을 차릴 때면
복권을 긁는 심정이다

육아하기 싫은 날이 간혹 있다. 실은 거짓말이다. 어쩌다가 한 번이 아니라 주기적으로 그런 감정이 든다. 일주일에 거의 한 번꼴로. 직장인 대부분에게 '월요병'이 있듯, 내게는 '수요병' 또는 '목요병'이 생겼다. 육아에 평일과 주말 구분이 없다지만 그래도 한 주의 가운데에 있다는 느낌 때문일까. 수요일이나 목요일마다 고비가 한 번씩 온다.

가장 하기 싫은 건 밥을 차리고 치우는 일이다. 평소 내 끼니도 잘 챙기지 않는 편인데, 누군가의 세끼를 꼬박 챙기는 게 이렇게 어려운 일인 줄 몰랐다. 「나의 해방일지」에는 삼남매의 엄마 곽혜숙이 밥 짓는 장면이 종종 나온다. 오죽하면 모두가 외지인 구씨에 열광할 때 나는 곽씨에게 감정이입을 했을까. 드라마는 그의 고된 얼굴을 여러 번 보여준다. 한번은 잠시 식탁 앞에 앉아 쉬는 곽씨의 옆모습과 벽에 걸린 가족사진이 한 프레임에 잡혔는데, 그 장면의 여운이 유독 짙었다.

현실은 드라마가 아니고, 육아에 해방은 없다. 아내에게 전화가 왔다.

"오늘 오후 회의가 길어져서, 저녁까지 더 일해야 할 것 같은데…"

"괜찮아. 천천히 일하다 와. 송이 재울게."

손씨는 다시 정신을 차리고 머리를 빠르게 굴려본다. 송이 저녁식사는 어떡하지? 점심에는 찹쌀을 섞은 잡곡밥과 부모님이 가져다주신 배추된장국을 데워 함께 먹었다. 저녁에 같은 메뉴로 또 먹으라면 아마 나라도 먹지 않을 것 같다.

16개월에 접어든 송이는 아직 밥에 진심인 편이 아니다. 아이 밥을 차릴 때면 복권을 긁는 심정이다. 잘 먹는 날은 고개를 위아래로 끄덕인다. 맛있다는 뜻. 그렇지 않을 때에는 고개를 좌우로 젓는다. 미간도 찌푸린다. 딸의 미각이 더 예리한 걸까. 그렇다고 먹지 않는 애를 앞에 두고 "아니, 이 녀석이!"라고 혼낼 수도 없다. 아직은 훈육이 통하는 시기가 아니다.

그나마 송이가 잘 먹는 음식들이 있다. 갓 지은 쌀밥, 미역국, 토마토로 요리한 건 대체로 잘 먹는다. 달걀요리도 잘 먹었는데, 요즘은 시큰둥하다. 대신 잘 먹는 음식에 요거트가 추가됐다. 아침으로 요거트에 그래놀라를 얹어 간단히 해결할 때, 몇 숟가락 줬더니 잘 먹었다.

결국 그날 저녁은 밖에서 해결했다. 산책도 하고 마트에서 장도 볼 겸 집 밖을 나섰고, 유아용 의자가 있는 칼국수 가게에 마주 앉았다. 간이 덜 밴 칼국수 면발을 식혀서 주니 송이는 그걸 손에 쥐고 오물오물 먹었고, 불고기와 달걀이 들어간 덮밥은 거의 먹지 않았다. 여전히 적극적으로 먹지는 않는다. 점심까지만 해도 잘 먹었는데… 송이가 싫증을 내기 전에, 내 앞에 놓인 그릇이라도 서둘러 끝내자는 생각에 칼국수에 김치를 곁들여 호로록 먹었다. 유아차를 끌고 집으로 오는 길에는 나만 배부른 것 같아 괜히 미안한 마음이 들었다.

"아빠가 더 부지런했다면 미역국이라도 끓였을 텐데, 미안해. 앞으로는 미역국 자주 끓여줄게."

육아 고충 중 하나는 속 터짐을 속 터지게 하는 당사자에게 토로하지 못한다는 데 있다. 아이에게는 죄가 없으니 모든 게 내 탓이 되기 쉽다. 그래도 스트레스는 해소해야 한다. 그래서 맥주를 마시거나 테니스를 친다. 둘 다 통통 튀는 행위를 동반한다는 공통점이 있다. 전에는 저녁을 먹으면서 맥주를 곁들였는데, 아이를 재울 시간이면 내가 먼저 졸리는 경우가 많아 송이가 오후 낮잠을 잘 때 한 캔을 미리 따곤 한다. 나만의 '해피아워'랄까.

며칠 전에는 송이를 재우고 한 캔 따야지, 하는 생각으로 침대에 함께 누워 라디오를 틀었다. 91.9MHz로 주파수를 맞추니 디제이 윤도현의 목소리가 흘러나왔다. 마침 윤도현이 어린이 친구들과 전화하는 '얘들아 놀자' 코너가 있는 날이었고, 초등학교 4학년이라고 본인을 소개한 어느 어린이와의 통화가 인상적이었다. 디제이가 마지막으로 아빠에게 하고 싶은 말이 있냐고 물었다. 어린이는 몇 초 뒤 또박또박 말했다.

"아빠, 내 아빠로 있어줘서 고마워. 언제나 사랑해."

이 아이의 아빠가 당시 라디오를 듣고 있었다면 어떤 마음이었을까. 부럽고 뭉클해 잠시 눈물이 고였다.

"절대 돌아오지 않는 시간이에요."

시간이 빨리 흘러 송이가 훌쩍 큰 모습을 상상한다고 했더니, 지인이 한 말이다. 그에게는 중학교 2학년 아들이 있다. 만약 과거로 돌아간다면 무얼 하고 싶으냐고 물었더니 이런 대답이 돌아왔다.

"더 많이 안아주고, 더 자주 '예쁘다, 사랑한다' 말해주고, 더 많이 놀러 다녔을 거예요. 무엇보다 화는 덜 내고 더 많이 믿어주고요. 그때는 나름대로 최선을 다했는데도 뒤돌아보면 아쉽네요."

무더운 여름이 얼마 남지 않았다. 현재의 후텁지근한 공기도 추운 계절이 오면 언제 그랬냐는 듯 그리워지겠지. 동시에 나만의 해피아워보다는, 딸과의 해피아워를 조금씩 더 늘려야겠다는 다짐을 해본다. 이 시간은 절대 돌아오지 않으니까. 그리고 혹시라도 송이가 라디오에 사연을 보내는 일이 생길 수도 있으니까.

아빠의 아빠,
아들의 아들

박정우

이 길이 이미 나의 부모가

나를 데리고 지나온

아늑한 길로 느껴진다

아내가 밥그릇에 밥을 반 정도 남기고 숟가락을 내려놓았다. 왜 더 먹지 않느냐는 질문에 "배가 불러서"라는 대답이 돌아왔다.

나와 아내의 고개가 동시에 갸우뚱해졌다. 나로서는 교과서의 '쌀 한 톨에 담긴 농부의 정성'까지 갈 것도 없이 내 앞에 놓인 밥그릇은 깨끗하게 비우도록 배우고 자랐기 때문이다.

결혼 전 부모님과 같이 식사를 할 때 밥그릇, 국그릇 그리고 반찬 그릇들까지 모두 비우면 가족 모두가 오늘 식탁에 오른 모든 음식을 '싹쓸이'했다면서 뿌듯하게 빈 그릇들을 싱크대에 넣곤 했다. 부모님에게 배운 대로라면, 아내에게 왜 '더' 먹지 않느냐고 물어볼 것이 아니라 왜 '다' 먹지 않느냐고 물어봤어야 했을 것이다. 하지만 아내는 이런 질문을 하는 내가 영 이해되지 않는 표정이었다.

그 이후로도 이런 작은 '갸우뚱'이 여러 번 있었다. 우리는 적지 않은 시간 연애하고 결혼했음에도 놀랍게도(?) 수건 개는 방법이 다르다. 한 사람은 가로로 한 번 세로로 한 번 접은 다음에 돌돌 말아놓고, 다른 사람은 가로로 두 번 세로로 한 번 접는다. 옷장에 옷을 거는 방향도, 과일 껍질을 벗기는 방법도 서로 다르다.

한 사람은 눈에 보이는 곳이 지저분하면 곧장 청소해야 하고, 다른 한 사람은 눈에 보이지 않는 곳을 굳이 열어젖혀 정리한다. 누구는 무슨 일이든 시작하면 금방 끝을 내서 흔적을 남기지 않지만 누구는 한 번 일을 벌이면 며칠이고 벌여둔 채로 둔다. 신혼 초에 이런 차이에 대해 몇 차례 이야기를 나눴지만 이제는 서로 잔소리로 들릴까 봐 어깨만 으쓱하고 말 뿐이다.

　한참 시간이 지나 가족식사 자리에서 우연히 처갓집 식구들의 밥
그릇을 보게 되었다. 아무도 밥그릇을 '싹쓸이'하지 않았다. 그제야
밥을 남긴 아내가 이해되었다. 나는 밥을 남기지 말라고 배웠고, 아내
는 밥을 억지로 먹지 말라고 배운 것이다. 각자의 부모로부터. 어쩌면
장인어른은 밥을 꾸역꾸역 먹고 있는 사위를 보며 차마 왜 남기지 않
느냐는 질문은 하지 못하고 어깨만 으쓱하셨을지도 모를 일이다.

　아내와 서로 다른 면을 종종 마주하다가 문득 아내에게 나의 어머
니를 기대하면서 나 자신에게는 나의 아버지를 대입하고 있는 건 아
닐까 하는 생각이 들어 소스라치게 놀랐다. 왜 이렇게 되었는지 자책
비슷한 걸 하기도 했지만, 생각해보면 내가 아는 부부 표본이 많지도
않을뿐더러 가장 가까이에서 가장 오래 지켜본 부부라는 표본이 바
로 나의 부모였다.

　어느 날 아내가 아이들 앞에서 말조심해달라고 정중하게 부탁을
했다. 무슨 말인가 해서 사정을 들어보니 아이들끼리 말다툼을 하다
가 한 아이 입에서(순화하자면) "양반이 아닌 사람의 자제분"이라는 말
이 튀어나왔다는 것이다. 아내는 도대체 그런 상스러운 말을 어디서
배웠냐고 물었고, 아이들은 아빠한테 들었다고 말했다.

　처음에는 무엇이 문제인지, 아이들 앞에서 어떤 말을 조심해달라
는 의미인지, 아내의 기분이 언짢은 이유가 무엇인지 얼른 알아차리
지 못했다. 아내가 도대체 그런 말을 어디서 배웠냐는 질문을 아이들

이 아닌 나에게 했다면, 나 역시도 나의 부모에게 들었다고 대답했을 것이기 때문이다. 참고로 분노에 가득 차서 내뱉는 말이 아니라 '이 녀석' '내 새끼' 정도의 느낌이랄까. 아내에게 앞으로 아이들 앞에서 말조심하겠노라 약속하고 얼마 지나지 않아 아이들을 데리고 부모님 댁에 갔다. 나의 부모는 "으이구, 우리 '양반이 아닌 사람의 자제분'들 왔구나"라는 말로 손주들을 반겼다.

아이들과 여행을 갈 때면 여기저기 장소 가리지 않고 일단 떠나고 보는 편인데 몇몇 군데는 들어서는 순간부터 낯이 익다. 혹시나 하는 마음에 부모에게 전화를 걸어 물어보면, 설악산의 리조트는 "너희 어릴 때 엄마 친구 누구네 가족이랑 놀러 갔었잖아"라거나 부여의 무량사는 "방학 때 체험학습 한다고 갔었지"라는 대답을 듣게 된다. 그럴 때면 내가 아이들을 자동차 뒷좌석에 쪼르르 태워서 가는 이 길이 이미 나의 부모가 나를 데리고 지나온 아늑한 길로 느껴진다.

부부라는 개념을 부모에게서 배운 것처럼 부모자식 간의 관계 역시 부모의 영향을 받았다는 사실을 부인할 수 없다. 입 밖으로 상스러운 말을 해본 적 없다는 아내도 그런 면에서는 마찬가지일 것이다.

그래서일까. 아이들을 보면 '네 아빠는 내 아빠'라는 생각이 들 때도 있다. 나의 아버지가 나에게 보여준 역할과 내가 나의 아이들에게 보여주는 남편과 아버지라는 역할이 크게 다르지 않을 것임을 알기 때문이다. 나중에 우리 '쌍놈 새끼'들, 아니 우리 아이들은 커서 수건을 어떻게 갤까 궁금하다.

여보,
애 또 싼다!

강혁진

●

●●●●

그렇게 위기에 대처하는 법을 배워가며
조금씩, 함께 성장하고 있다

,

이서가 생후 6개월일 때 부산에 간 적이 있다. 대중교통을 이용하기에는 이서가 너무 어렸다. 결국 자가용 카시트에 이서를 태우고 다섯 시간 넘게 운전을 했다. 1박 2일의 첫 장거리 외출. 우리 부부(정확히 나)는 과도한 두려움과 걱정에 휩싸였다. 혹시라도 기저귀가 떨어지면 안 된다는 마음에 새로 막 뜯은 기저귀 한 봉지를 그대로 챙겼다. 40개 넘게 챙겨간 기저귀 중 정작 사용한 건 10개가 채 되지 않았다.

그 뒤로 외출할 때마다 적정량의 기저귀를 챙긴다. 외출 횟수가 늘어날수록 굳이 챙기지 않아도 되는 물품은 생략한다. 너무 많은 짐은 결국 외출의 재미를 떨어뜨리기 때문이다. 그렇게 아이의 짐이 점점 간소해지던 어느 날 우리 부부에게 큰 시련이 닥쳤다.

어느 토요일 오후, 우리는 서울에서 있던 가족 결혼식에 참석한 뒤 바람도 쐴 겸 파주 아울렛으로 향했다. 아이 여름옷을 몇 벌 사고, 마침 내가 입을 만한 티셔츠도 세일가로 저렴하게 나왔기에 기분 좋게 샀다. 아내는 아이를 낳고 발이 커졌다며 출퇴근할 때 신을 편한 구두를 찾았다. 아쉽게도 디자인과 합리적인 가격을 동시에 충족하는 제품을 찾지 못해 발길을 돌려야 했다. 다음 기회를 기약하며 주차장으로 돌아왔다. 이제 한 시간 남짓 걸리는 집으로 가야 했다.

집을 향해 출발한 지 20분쯤 지났을까? 뒷자리에서 아이가 용쓰는 소리가 들렸다.

'아, 응가를 하는구나.'

전날부터 아이의 응가 소식이 없어 둘 다 불안하던 차였다. 육아 초반에는 아이가 차 안에서 일을 보면 꽤나 당황했다. 하지만 이제는 다르다. 대개 안전한 곳에 차를 세우고 뒷좌석에 방수시트를 깐다. 신속하고 정확하고 깔끔한 손놀림으로 기저귀를 간다. 아내나 나나 꽤 익숙해진 일이다. 물론 아이가 결혼식장이나 아울렛에서 일을 봤다면 조금 더 수월하게 뒤처리를 했겠지만.

이번에도 당황하지 않았다. 파주 시내의 한 상가 옆에 있는 넓은 야외 주차장으로 차를 몰았다. 구석 자리에 차를 세우고 뒷좌석에서 아이의 일 처리를 했다. 기저귀를 쓰레기봉투에 담는 걸 마지막으로 모든 처리가 끝났다. 한 가지 걱정되는 점은 방금 갈아준 게 마지막 기저귀라는 것뿐. 집까지는 40분이 채 남지 않았다. 설마 그새 무슨 일이 생길 리야 없다고 생각했다. 그런데…

"여보, 이서 또 싼다!"

아내가 외쳤다. 아이는 기저귀를 갈아주자마자 다시 용을 쓰고 있었다. 우리는 몇 초 동안 말이 없었다. 당황한 것도 잠시, 크게 걱정하지 않았다.

'여긴 시내잖아. 주변에 슈퍼도 있고 마트도 있겠지. 아이 기저귀 하나 못 사겠나.'

아내가 기저귀를 사 오고 내가 아이를 안고 차를 지키기로 했다.

호기롭게 떠난 아내가 20분이 넘도록 소식이 없었다. 뭔가 불길한 느낌이 들던 찰나에 전화가 걸려 왔다.

"여보, 아무리 찾아봐도 마트가 없네. 편의점도 없고. 여성용 생리
대라도 사갈까?"

"일단 돌아와봐. 근처에 차로 갈 수 있는 마트라도 찾아보자."

잠시 후 아내가 숨을 헐떡거리며 돌아왔다. "요 앞에서 어떤 아주
머니가 코너만 돌면 바로 마트가 있다고 했는데 아무리 내려가도 없
는 거야"라며 걱정 반 원망 반의 목소리로 말했다.

"어쩔 수 없지. 검색해보니 7분 거리에 이마트가 있대. 빨리 타."

무거워진 기저귀를 차고 있는 아이를 차마 카시트에 태울 수 없어
아내가 조심히 안았다. 그 어느 때보다 안전하고 신속하게 차를 몰아
근처 이마트로 향했다. 잠시 후 큰 간판이 보였다. 이마트가 이렇게
반가울 일이라니. 주차장 2층에 차를 세우고 냄새가 밸 수 있어 바지
도 입히지 않은 아이를 안고 매장으로 향했다. 다행히 이서는 크게 불
편한 기색이 없었다. 혹시라도 이 상태에서 버둥대고 울어대면 그야
말로 '멘붕'이 왔을 텐데 감사한 마음이었다. 1층으로 내려가 수유실
위치를 먼저 확인했다. 하필 기저귀는 지하 매장에서 팔고 있었다. 부
랴부랴 지하층에 도착한 우리는 매의 눈으로 기저귀를 찾았다.

"여보 5단계 찾아봐. 빨리!"

"찾았어. 올라가자!"

한 손에는 아이를, 다른 손에는 기저귀를 들었다. 최대한 빠르게
결제하려고 셀프 결제 코너로 향했다. 삑. 기저귀 바코드를 찍었다.
이제 결제만 하면 된다. 순간 화면에 에러 메시지가 떴다. 바코드를

찍은 다음 결제할 상품들의 전후 무게를 인식하기 위해 단말기 오른쪽 공간에 물건을 다시 내려놓았어야 했는데, 급한 마음에 바코드만 찍고 물건을 내려놓지 않았기 때문이다. 사람들에게 편의를 제공하려고 만든 셀프 결제기가 정말 우리에게 편리한 존재인가 하는 생각이 머리를 스쳤지만 어쩌겠는가. 근처에 있던 직원의 도움으로 다시 결제를 마쳤다.

막 결제한 따끈따끈한 기저귀와 엉덩이가 따끈따끈해진 아이를 양손에 안고 수유실로 향했다. 한 가족만 쓸 수 있는 작은 공간이었다. 다행히 아무도 없었다. 아울렛이나 쇼핑몰 수유실에 비할 수 있는 시설은 아니지만 뭣이 중하겠는가. 아이를 씻기고 기저귀를 갈 수 있으면 되었다. 기저귀를 벗기자 처참한 광경이 눈앞에 펼쳐졌다. 조금만 늦었으면 더 큰일이 날 뻔했다는 걸 직감할 수 있었다. 이 많은 게 아이 배 속에 있을 수 있다는 걸 이날 처음 알았다.

아내는 넋이 나간 상태였다. 나는 정신은 말짱했으나 온 얼굴과 몸은 땀으로 범벅이었다. 이서의 얼굴은 평온했다. 오히려 늦은 저녁 시간이다 보니 졸린 기색도 있었다.

'그래 너만 행복하면 됐다, 아들아.'

다시 차로 돌아오니 파주에 도착한 지 두 시간이 지나 있었다. 쏜살처럼 흐르는 시간과 스펙터클한 경험을 함께 느낀 건 오랜만이었다. 차에 시동을 켜고 마트를 빠져나왔다. 해는 이미 져 어둑어둑해진 뒤였다. 뭔가 엄청난 미션을 우리 셋이 합심하여 해낸 기분이었다. 그날의 긴박함이 아직 생생하다. 내 팔에 느껴지던 아이의 온기와 그날의 향도 기억난다. 아마도 이 에피소드는 아내와 나에게 꽤 오래 기억될 것이다.

누군가 그랬다. 아무리 힘든 일이 일어나도 멀리서 보면 풍경이라고. 정신없던 파주에서의 두 시간이 이제 추억과 풍경이 됐다. 그날 샀던 기저귀는 만약의 사태를 대비해 여전히 차 뒷좌석에 놓여 있다. 혹시라도 같은 일이 벌어져도 우리는 당황하지 않을 것이다. 셋은 그렇게 위기에 대처하는 법을 배워가며 조금씩, 함께 성장하고 있다.

아이의 공간
어른의 시간

박정우

큰아이가 초등학교에 다니면서부터
지구 주위를 공전하던 달의 궤도에
약간의 균열이 발생했다

초등학생인 큰아이가 두 번째 방학을 맞았다. 보육기관인 어린이집을 다섯 해 다니다가 이제 교육기관인 학교의 첫해를 무사히 마쳤다. 방학은 설레는 단어다. 첫 글자부터 내려놓는다는 뜻의 방放자가 쓰였으니 벌써 마음이 가뿐해지는데 내려놓는 게 배움이라니. 나의 마지막 방학은 10년도 더 전의 일이라 방학이 주는 해방감은 점점 옅어져갔지만 그럼에도 방학이라는 단어가 주는 설렘은 기억하고 있다.

아이는 내가 그러했듯 손가락으로 날짜를 세며 방학을 기다렸다. 방학이 다가올수록 아이는 정말 모든 배움을 내려놓을 준비가 되어 있는 것처럼 보였다. 온종일 아이와 있을 아내가 걱정되어 괜찮겠냐고 물었다. 아내는 아이가 방학을 방학답게 보내게 해주고 싶다고 했다. 차분하게 첫 주가 흘러갔다.

아이들의 하루는 집 안과 집 밖이라는 공간으로 나뉜다. 양육자의 하루는 혼자 있을 수 있는 시간과 혼자 있을 수 없는 시간으로 나뉜다. 세 아이가 같은 어린이집을 다닐 때는 나의 출근길이 곧 아이들의 등원길이었다. 오후에 아이들을 데려오는 일은 아내 몫이었다. 아이들이 집 밖으로 나가면 그제야 아내와 나는 비로소 혼자가 될 수 있었다. 말하자면, 혼자 보낼 수 없는 시간을 버텨낼 육체와 정신의 에너지를 충전하기 위해 반드시 혼자가 되어야만 하는 시간. 사무실이든 집이든 공간이 어디인지는 중요하지 않다. 어디에서든 혼자 있을 수 있는 시간을 갖는 것이 중요했다. 아내와 나는 아이들이 어느 공간에 있는지에 따라 시간의 값이 변하는 종속변수가 되었다.

큰아이가 초등학교에 다니면서부터 지구 주위를 공전하던 달의 궤도에 약간의 균열이 발생했다. 나의 출근길은 큰아이의 등굣길을 거쳐 동생들의 등원길로 한 정거장 더 추가되는 정도였지만, 아이들을 집 밖에서 집 안으로 데려오는 아내의 일은 더 복잡해졌다. 수업이 끝나는 시간이 요일별로 들쑥날쑥한지라 어떨 때는 큰아이를 데리고 집에 와서 한두 시간 있다가 동생들을 데리러 가야 하기도 했다. 아이들이 집 밖으로 나가는 썰물과 집 안으로 돌아오는 밀물의 주기가 깨지기 시작하면서 사이사이에 파도가 일기 시작했다.

아이가 방학하면서 궤도는 의미를 잃었다. 아이가 종일 집에 있다는 것은 양육자가 혼자 있을 수 없다는 것을 의미했다. 혼자 있는 시간이 없다는 것은 혼자 있을 수 없는 시간을 버티기가 그만큼 어려워졌다는 의미다. 둘째 주가 되자 아내는 눈에 띄게 지쳐 있었다. 그도 그럴 것이, 얼마 전에는 아이들이 차례로 독감에 걸려 열흘 정도 집에만 있던 터였다. 그 얼마 전에는 온 가족이 코로나에 두 번째로 확진되어 보름 정도를 모두 집에만 있었다. 켜켜이 쌓여 있던 공간적, 시간적 데미지가 아직 가시지 않은 상태에서 방학이 시작된 것이다.

방법을 찾아야 했다. 괜찮다고, 할 수 있다고 말하는 아내와 마주 앉았다. 도움을 줄 수 있는 보조 양육자를 파트타임으로 고용하느냐, 차로 네 시간 거리에 계신 부모님께 도움을 요청하느냐, 아이를 학원에 보낼 것이냐, 육아휴직을 다시 할 것이냐. 여러 선택지를 늘어놓고 이야기를 나눴다. 몇 년 전에도 비슷한 대화를 한 적이 있었다. 그때는 아이를 어린이집에 등록하기로 결정했었다. 그때가 좋을 때였다.

서울시에서 운영하는 '우리동네키움포털'이라는 웹사이트에 들어갔다. 지난 여름방학에 몇 번 그리고 급할 때 토요일에도 몇 번 이용한 적이 있었다. 서비스 목적이 '만 6~12세의 돌봄이 필요한 모든 아이들이 이용할 수 있는 쉼, 여가, 놀이 공간을 마련·제공함으로써 방과 후 초등학생 아이들의 돌봄 공백을 해소'하는 것이라 하니 우리에게는 구원이나 다름없다.

다행히 회사 사무실과 멀지 않은 우리동네키움센터에 며칠은 예약할 수 있어서 띄엄띄엄 아이를 보낼 수 있었다. 어린이집에 처음 보낼 때처럼 안쓰럽고 미안했다. 아이는 처음 갔을 때 그리고 새로 친구가 올 때마다 자기소개를 해야 하는 것 말고는 괜찮다고 했다. 계속 다니라면 못 할 것 같지만, 며칠이라면 할 만하다고 했다. 나와 아내에게는 그 며칠이라도 혼자 있을 수 있는 시간이 필요했다. 아이에게 고마웠다.

막막하지만 찾아보면 이렇게 야금야금 이용할 수 있는 돌봄 서비스들이 있기는 있다. 근본적인 해결책이라기보다는 임시방편에 불과하지만. 잘 살게까지 해줄 수는 없지만 '살려는 드릴게' 정도의 느낌. 마치 식기세척기 같다고나 할까. 식기세척기가 있어도 설거지는 여전히 성가시다. 고무장갑을 끼고 초벌 설거지를 한 다음 그릇을 옮겨야 하는 것 역시 성가시다. 하지만 식기세척기를 마련하고 나서는 싱크대까지 가는 동안 내쉬는 한숨의 횟수가 줄어들었다.

두 번째 방학은 생각보다 느리지 않게 지나갔다. 아이는 방학숙제였던 한 달 치 그림일기를 개학 며칠 전에 몰아서 하고 다시 학교에 갔다. 아이가 집 밖에 있는 시간이 늘어나면서 달은 다시 궤도를 안정적으로 돌기 시작했다.

다다음 주부터 봄방학이다.

살려주세요.

심
규
성

● ● ● ● ●

둘째는
생각 없어?

,,

행복도

계획할 수 있나요?

"여보, 이상해."

"뭐가?"

"생리할 때가 됐는데 안 하네."

"응?"

"둘째 가진 건 아니겠지?"

"으_으응???"(그럴 일이 없었잖아?)

둘째라니. 사실 여부와 상관없이 아내의 말은 적잖은 긴장감을 불러왔다. 아직 하나를 키우기도 벅찬데 1+1이라니. 자동차 뒷좌석이 두 개의 카시트와 두 아이로 꽉 차는 상상을 하니 머릿속이 벌써 답답해졌다. 이 소식을 접한 장모님도 같은 마음이셨을까. 평소 휴식에 전념하실 주말에 이따금 아내에게 전화를 하신다. 손주 하나를 어린이집에 보내 간신히 여유가 생겼는데 새로운 손주라니. 아무것도 확인되지 않았지만 이미 송구한 일을 저지른 느낌이었다. 아내는 불안해하는 장모님을 놀리는 게 재밌는지 이미 둘째를 임신한 사람처럼 출산 후 청사진을 펼쳐놓았다.

"딸이면 좋겠다. 이현이도 형보다는 오빠가 된 모습이 어울릴 것 같아."

"당신에게도 좋은 기회야. 내가 처음 임신했을 때 못 해준 걸 만회할 수 있잖아."

아내의 수다를 듣다가 우리의 첫 임신을 알게 된 순간이 떠올랐다. 임신테스트기에 두 줄이 뜬 날이었다. '설마 아니겠지'로 일관하던 나

와 달리 아내는 낙천적인 태도로 자신의 건강함을 증명했다며 기뻐
했다. 우리가 어떤 대화를 했는지 구체적인 건 기억나지 않지만, 아내
의 감정이 두려움 대신 기쁨이었던 것만큼은 잊히지 않는다.

그때나 지금이나 나는 현실적인 고민부터 한다. 새롭게 펼쳐질 돌
봄 전쟁. 두 배로 힘들어질 것 같은 직장생활. 두 배로 늘어날 기저귀
값과 다시 챙겨야 하는 신생아 용품들. 매일 밤 찾아올 고난의 원더
윅스Wonder Weeks(아기가 정신적, 신체적으로 급성장하는 시기를 가리키는 말.
이 시기에 아기는 평소보다 더 많이 울고 보챈다)와 100일쯤까지 이어질 수
면 부족. 그리고 혹여나 재발할까 두려운 아내의 산후우울증까지. 첫
째 때에는 (경험하지 않아 미리 할 수) 없었던 고민들까지 더해 불안한
상상을 한다. 카시트를 어떤 브랜드로 살지, 이제 유아차 대신 유아왜
건을 사야 할지는 그나마 행복한 고민에 속했다.

"둘째는 생각 없어?"

싱글에게 결혼 관련 질문이 따라다니듯, 아이가 하나인 양육자에
게 잊을 만하면 이 질문이 반복된다. 묻기만 하면 다행이다. 아이는
무조건 둘 이상, 외동은 아이가 외롭다, 딸을 꼭 낳아야 한다, 아들 낳
아봤자 소용없다 등 정답의 탈을 쓴 고정관념이 표출되는 순간 명절
에 겪을 법한 '라떼' 수업이 시작된다. 내 답은 예나 지금이나 같다.

"응, 아이 하나로 충분해. 지금의 안정과 평화를 깨고 싶지 않아. 주
변에는 외동인데도 잘 자란 사람 많아."

아이가 둘 이상인 사람에게는 아이 하나로 평화를 논하는 모습이

가소로울 수 있다. 하지만 안정을 최우선 가치로 여기는 사람에게는 불확실성만큼 힘든 존재가 없다. 두 돌을 넘긴 이현이가 겨우 어느 정도 통제 범위에 들어온 진행형의 불확실성이라면, 둘째부터는 판도라의 상자처럼 느껴지기 때문이다. 그 상자를 열면 분명 불확실성 대잔치가 열리겠지.

아이 갖기를 망설이는 부부나 하나를 키우면서 더 낳기를 망설이는 부부나 걱정의 본질은 그리 다를 바 없다고 생각한다. 아이를 갖는다는 건 따져볼수록 단점이 더 부각되기 쉽고, 투자수익률 관점에서도 수년간 이익을 기대하기 어려운 일이기 때문이다. 지금처럼 한 치 앞을 내다보기 힘든 시대에는 아이가 삶의 불확실성을 유독 더 키우거나 내 삶의 주도권을 빼앗아 가는 존재처럼 느껴지기도 한다. 함께여서 덜 힘들 수 있지만 함께여서 더 힘든 순간도 분명히 있다. 이왕이면 예측 가능한 범위 내에서 좋은 순간만 누리고 싶은 게 지나친 욕심일까.

한편 이 모든 게 편견, 고정관념 또는 클리셰가 아닌가 싶다. 아이가 있든 없든, 그 아이가 첫째든 둘째든, 외동이든 대가족이든 인생은 똑같이 불확실하고 그 인생을 개척할 기회 역시 동등하기 때문이다. 무자녀 인생과 유자녀 인생을 나누고, 첫째와 둘째의 패턴을 단정 지어버리면서 그들의 인생에 개입하는 것 자체가 모순이다. 보편적 패턴은 존재하겠지만 새로운 서사의 가능성마저 바라보지 않는 건 미래를 혈액형이나 MBTI 따위에만 의존해 살아가는 것과 뭐가 다를까.

둘째에 대한 두려움도 마찬가지다. 분명 둘째가 주는 행복까지 포함하면 그 인생의 스펙트럼도 광활할 텐데 불행에 가까운 쪽만 바라본 느낌이다. 아내처럼 좋은 상상을 해도 모자랄 판에 아빠로서 챙겨야 할 일에 과몰입하고 태어나지도 않은 둘째의 기질까지 까탈스럽다고 단정해버리기도 했다. 부모 역할을 과대 포장한 건 아닌지, 첫째 때 육아를 열심히 했다고 유세 부리는 건 아닌지 되돌아볼 일이다(물론 첫째보다 둘째가 덜 힘들 거라는 보장도 없다).

돌이켜보면 계획된 순간에 찾아온 행복은 없었다. 아내와 연애할 때, 이현이를 키울 때 느꼈던 설렘, 신기함, 기쁨, 놀람 등의 감정은 계획된 것이 아니었다. 만약 육아를 비롯한 모든 게 확실하고 예측 가능했다면, 아이가 예정일에 맞춰 정확히 태어나고 정해진 순간에 걷고 정해진 시간에 말을 했다면, 가장 완벽한 사진과 영상을 남겼을지 모르지만 결과를 알고 보는 스포츠 경기처럼 즐거움도 임팩트도 덜했을 것이다.

가끔 모든 일상이 특별했던 아이의 신생아 시절로 가보고 싶다는 생각을 한다. 그때는 아이가 손짓 하나만 달리해도 감탄했고 옹알이만 해도 영상을 찍곤 했다. 남들이 보기에는 똑같은 사진을 수십 장 찍었고, 50일부터 100일까지는 발도장까지 도화지에 찍어가며 크기를 비교했다. 아내는 그 순간을 다시 경험하고 싶어서라도 둘째를 갖고 싶다고 한다. 나는 반반이다. 아이의 처음을 또 경험해보고 싶으면서도 첫째만큼의 놀라움은 없지 않을까 하는 생각도 든다.

온갖 생각이 둥둥 떠다닌 지 일주일 만에 아내는 산부인과에 다녀왔다. 병원에서는 생리 지연에 관해 아무 문제가 없다고 진단했고, 아내는 며칠 뒤 대자연의 섭리를 따랐다. 알게 모르게 상실감을 느꼈는지 그날 아내의 기분도 좋지 않았고, 우리는 오랜만에 부부싸움을 했다(계획된 순간에 찾아온 싸움도 없었다).

앞으로 언제 둘째의 기회가 있을지 모르겠다. 그래도 혹여나 바랄 수 있다면 더 많은 시간 여유를 두고 계획하고 싶다. 이현이의 신생아적 기억이 아주 희미해질 즈음, 웬만한 것들을 다 잊어버려 모든 순간을 처음 경험하는 것처럼 느낄 수 있을 때, 지금의 육아가 너무 안정적이고 지루해져서 새로운 자극이 필요할 때쯤 말이다. 물론, 계획대로 찾아온 행복은 아직 없었지만.

강
혁
진
●

●
●
●
●

도보 5분 거리의
슈퍼히어로

●
,
,

서툴겠지만 천천히,
두 분에게 받은 사랑에
다시 우리 부부의 사랑을 얹어
아이에게 돌려줄 것이다

요 며칠 야근을 하느라 집에 꽤 늦게 들어왔다. 그때마다 이서는 깨어 있었다. 늦어도 밤 10시면 잠들었어야 할 아이가 11시가 넘어도 자지 못했다. 콧물 때문이었다. 보통 코가 막히면 면봉이나 콧물흡입기로 빼내곤 했는데, 이번에는 상황이 달랐다. 콧속보다 더 깊은 어딘가에 콧물이 가득 차 있는 거다. 가만히 있다가도 투명하고 하얀 콧물이 아이의 양쪽 구멍에서 쉴 새 없이 나왔다. 나도 간혹 그런 경우가 있다. 자려고 누우면 안쪽 어딘가에서 코가 막혀오고 숨도 쉴 수 없어 무척 괴롭다. 아무리 코를 풀어도 그때뿐이다.

아이도 마찬가지다. 너무 졸려서 자려고 누우면 코가 막혀오니 숨도 쉴 수 없고, 그러다 종종 잠에서 깼다. 아마 짜증이 머리끝까지 났을 거다. 아이는 눈도 못 뜬 채 온몸을 비틀고 소리를 지르고 울어댔다. 그 과정을 새벽까지 반복했다. 콧물이 처음 나온 날부터 며칠은 새벽 4~5시가 돼야 겨우 잠들었다.

즉, 나도 같은 시간에 겨우 눈을 붙일 수 있었다는 얘기다. 아이는 그 시간에 잠들어 늦게 일어나면 그만이지만 나는 다르다. 회사에 가야 하고 일을 해야 한다. 다행히 우리 회사는 근무형태가 자유로운 편이다. 이날은 도저히 출근할 자신이 없어 재택근무를 하기로 했다.

다행히 믿는 구석이 있었다. 바로 장인어른과 장모님. 우리 집 가까이 사시는 두 분이 평일에는 거의 종일 아이를 돌봐주신다. 장인어른께서 매일 아침 우리 집에 오셔서 아이를 챙겨 댁으로 가시는가 하면, 간혹 문화센터에도 함께 가신다. 저녁에는 우리 부부 중 한 명이 퇴근하면서 아이를 데리러 가지만, 둘 다 야근해야 할 때면 밤늦게까지 아이를 돌봐주시기도 한다.

이날 아침도 장인어른은 어김없이 정해진 시간에 집에 오셨다. 그리고 아이를 데리고 아침 일찍 동네 소아과로 향하셨다. 장인, 장모님과 아내 그리고 내가 함께 있는 단체 카톡방에 알림이 떴다.

"대기번호 16번. 40분 후에 진료 예정."

병원에 잘 도착했다는 장인어른의 메시지였다. 연이어 사진 한 장과 문자가 도착했다. 사진 속 큰 냄비에는 죽이 끓고 있었다. 밤새 고생한 손주를 위해 아침 일찍부터 죽을 끓이고 계신 장모님의 메시지였다.

"이서 먹일 죽 만드는 중입니다. 이서 아빠, 엄마는 걱정 말고 하루 잘 보내길."

두 분은 우리 부부에게 귀인이자 히어로다. 아이를 병원에 데려가고, 아이를 위해 죽을 끓이는 두 명의 슈퍼히어로.

출산을 한 달 앞둔 여름날, 만삭인 아내와 함께 경기도 외곽에 있는 처가에 들렀다. 얼마 전 이사를 마치고 온 집 안 페인트칠을 장인어른이 직접 하셨다고 했다. 손수 칠하셨다고 하기에는 전문가가 시공한 것처럼 마감이 무척 깔끔했다. 장인어른은 코로나가 시작되기 직전 은퇴하셨고 집에 있는 시간이 길어질 걸 염두에 두신 듯 공간을 깔끔하게 꾸며두셨다.

처가에서 식사하고 집으로 돌아오는 길. 곧 세상에 나올 아이의 육아를 장모님께서 도와주겠다고 말씀하신 게 떠올랐다. 그리고 조부모님에게 육아를 부탁하려면 가까운 곳에 살아야 한다고 말한 어느 유튜버의 말도 떠올랐다. 처갓집 주변을 자세히 보니 상가도 많고 아파트도 많았다. 당시 살고 있던 서울 우리 동네 못지않게 편의성이 갖춰진 느낌이었다.

"이 동네로 이사 오는 건 어때?"

아내에게 물었다. 아내는 결혼 전까지 이 동네에 살았다.

"난 괜찮아. 근데 당신은 괜찮겠어? 서울이랑 너무 멀어지는데?"

그때 나는 프리랜서로 일하고 있었다. 서울과 조금 멀어져도 괜찮았다. 처가에서 육아를 도와주시겠다는데 서울과의 거리 따위를 신경 쓸 상황도 아니었다. 대중교통이나 자가용을 이용하면 서울까지는 30~40분이면 충분했다.

집에 돌아온 우리는 바로 인터넷 부동산을 뒤져 매물을 찾았고, 며칠 뒤 처가 근처의 집 몇 곳을 직접 방문했다. 우리 상황에 맞는 집을 찾았고 이삿짐센터를 예약했다. 처가 집들이를 한 지 13일 만에 우리는 서울에서 경기도로 이사했다. 처가와 도보 5분 거리의 아파트 단지로 이사를 마치고 나흘 뒤, 이서가 태어났다.

이서가 20개월이 된 지금까지 장모님과 장인어른께서 주 5일 내내 아이를 돌봐주신다. 이제는 이서를 매일 아침 처가에 데려다주고 있다. 아이가 어린이집을 다니고는 있지만 하원한 아이는 여전히 두 분의 정성 덕에 무럭무럭 자라나는 중이다. 두 분에게 용돈뿐 아니라 필요한 것들을 지원해드리고 있지만, 아이에게 쏟는 시간과 체력 그리고 정성에는 비할 바가 아니라는 걸 잘 알고 있다. 무엇보다 두 분께서 첫 손주인 이서를 진심으로 기쁘고 행복한 마음으로 봐주고 계셔서 더욱 감사하다. 가끔 생각한다. 전생에 무슨 복이 있어서 이런 호사를 누리는가. 두 분이 안 계셨다면 아내와 나의 육아는 얼마나 힘들었을까.

머지않은 시기에 두 분을 육아에서 해방시켜드리는 것이 우리 부부의 목표다. 그때부터는 아이가 크는 모습을 편히 바라보실 수 있도록 해드리고 싶다. 어쩌면 장인어른과 장모님이 키우는 건 이서뿐이 아닐 수 있겠다는 생각이 든다. 아내와 나 역시 두 분의 희생과 배려로 커가고 있다.

두 분에게 은혜를 갚는 유일한 방법이 있다면 아이를 제대로 키워내는 것이 아닐까. 내가 받은 희생과 배려를 이서에게도 온전히 돌려주고 싶다. 서툴겠지만 천천히, 두 분에게 받은 사랑에 다시 우리 부부의 사랑을 얹어 아이에게 돌려줄 것이다. 아이가 더 크면 그 사랑이 어디서 왔는지 잘 말해주겠다.

오늘도 이서는 사랑 위에 얹어진 사랑을 먹으며 커가고 있다. 그 덕분인지 이서의 콧물도 거의 멈췄다.

언젠가
끝이 있다는 것

배
정
민

"부모를 떠나보내면서
좀 더 어른이 되는 것 같아."

아이들과 한 달 살기 체험에 나섰다. 목적지는 미국 서부 시애틀. 직장 상사는 가족들과 함께 잊지 못할 시간을 보내고 오라며 내 등을 두드려주었다. 아무리 장기근속 휴가라도 그렇지, 이리 업무가 시급하고 엄중한 때 한 달이나 휴가를 가버리면 어떡하느냐는 눈빛을 슬쩍 읽은 것도 같지만, 순전히 나만의 착각이었을 것이다.

시애틀에 처음 도착한 주말, 여느 관광객처럼 이 도시의 상징이라는 스페이스 니들 타워와 스타벅스 1호점이 있는 파이크 플레이스 마켓을 구경했다. 그 후 대부분은 숙소 근처의 놀이터와 공원을 찾아 시간을 보냈다. 아이들 입장에서야 부모 손잡고 복잡한 관광지를 돌아다니기보다 신나게 미끄럼 타고 물놀이하는 게 여름을 보내는 진정한 방법이다.

근처 공원 한 군데를 들른 날이었다. 구름 한 점 없이 맑은 하늘에 습도까지 낮아 아이들이 뛰어놀기에는 더없이 좋은 날씨였다. 놀이터에 도착하니 다양한 피부색의 아이들이 한데 어울려 놀고 있었다. 우리 아이들도 어느새 그 무리에 합류했다. 매달리고 기어오르고 뛰어다니느라 아이들 이마에는 금세 땀이 송골송골 맺혔다.

"여보, 벤치 뒤에 이것 좀 봐봐. 기증자가 쓰여 있는 것 같은데. 근데 아…"

나무 그늘 밑 벤치에 앉아 아이들이 뛰어노는 모습을 보고 있던 아내가 내게 손짓하다가, 갑자기 목소리가 잠겼다. 벤치에는 한 가족의 이름이 연이어 쓰여 있었다. 각기 다른 출생일 옆에 적힌 사망일에 시선이 갔다. 엄마와 아이 세 명의 사망 날짜가 모두 같았다. 더 이상 말하지 않아도 마음이 먹먹해졌다.

엄마, 아빠가 동시에 골똘히 무엇을 보고 있으니 호기심이 생긴 둘째가 곁으로 다가왔다. 아이에게 간단히 설명해줬다.

"엄마와 아이들이 같은 날 천국에 갔대…"

그날 이후 둘째는 종종 우리에게(엄마에게는 더 자주) 답하기 곤란한 질문을 하기 시작했다. 놀이터에서 삶의 유한성을 깨닫기라도 한 듯이.

"우리도 같이 죽으면 안 돼?"

"그게 무슨 소리야. 보통은 엄마, 아빠 우리 오래오래 같이 살자 이렇게 말하지 않니?"

"죽으면 천국 간다면서… 용궁 안 가고."(아이에게 용궁은 천국과 반대의 의미다.)

"응, 죽으면 천국에 가는데, 그래도 같이 가면 안 돼. 엄마랑 아빠가 먼저 가는 거야. 너랑 오빠는 나중에 가고."

"왜? 같이 가면 좋잖아. 나는 헤어지기 싫어. 엄마랑 헤어지면 나 어떻게 살라고."(슬쩍 아빠는 빠졌다.)

"은아, 죽는 데도 다 순서가 있는 거야."

"유튜브는 영상이니까 끝이 있는 건 알겠는데, 사는 것도 끝이 있다니까 그냥 이상해."

알 듯 말 듯하다는 표정을 짓던 아이는 '에라, 모르겠다' 하는 표정으로 바뀌더니 다시 놀이터로 뛰어나갔다.

그래, 지금 이 순간을 그저 마음껏 즐기면 된다. 한참 나중 걱정일랑 접어두고.

한 달이란 시간은 길고도 짧다. 그 와중에도 한국에서 부고가 날아들었다. 부모를 잃은 지인의 상심이 태평양 바다 건너까지 전해졌다. 부모와의 이별은 누구에게나 급작스럽다. 태어나 한번도 겪어보지 못한 이별의 충격이므로.

"부모를 떠나보내면서 좀 더 어른이 되는 것 같아."

몇 해 전 아버지를 떠나보내며 했던 생각을 담아 벗에게 위로의 메시지를 전했다. 부모는 아이와 언젠가 이별을 맞는다. 당장 그런 생각을 갖는다는 게 어딘가 어색하고 꺼림칙한 부분도 있다. 아이 말마따나 언제고 헤어지고 싶지 않은, 늘 품에 안고 싶은, 눈에 넣어도 아프지 않은 내 자식이니까. 오래오래 함께, 그저 행복하고 싶으니까.

하지만 언젠가 끝이 있다는 것. 그걸 인지하고 서로를 대하느냐 아니냐는 분명한 차이가 있다. 한날한시에 생을 같이 마감하는 것이 모두가 바라는 해피엔딩이 아님을 어른들은 알고 있기 때문이다.

할머니보다 고작 아홉 해 더 살고 떠난 아버지를 떠올릴 때마다 그런 생각을 했다. 적어도 우리 아이들은, 내가 세상을 뜨고 나서도 아빠 나이만큼은 더 살고 난 후에나 천국에 가면 좋겠다고. 그래야 그나마 마지막 이별의 슬픔이 덜할 것 같다고.

행사가 끝나갈 즈음 한 방청객이 던진 말이 가슴에 박혔다. 그는 얼마 전에 아버지를 잃었다면서, 이 자리에 함께 온 자신의 어머니에게 위로의 말 한마디를 부탁했다. 셰릴은 기꺼이 정중한 위로를 전했다.

"매일같이 좋아지진 않아요. 하지만 시간이 지나면서 확실히 좋아지죠. 소소한 즐거움을 찾으세요. It doesn't get better everyday, but it does get better with time, and look for the small moment of joy."

　　—『아들로 산다는 건 아빠로 산다는 건』(배정민 지음, 왓어북 2020) 중에서

어찌어찌 양육자는 되었으나 놀이터에서 노는 게 마냥 좋은 아이들에게 삶의 유한함을 온전히 말로 설명할 능력은 여전히 없다. 그저 오늘의 물놀이도, 이번의 살짝 긴 듯한 여행도, 모두 다 끝이 있다는 것 정도만 간신히 알려줄 수 있을 뿐이다. 모든 것이 마냥 무한하지 않고 끝이 있으니, 지금 이 순간을 온전히, 의미 있게, 소중하게 지낼 수 있다는 걸 각자 경험을 통해 체득할 수 있기를 바란다.

다시 일상으로 돌아간다. 얼굴이며 팔다리며 까맣게 탄 아이들은 곧 다시 학교와 학원, 유치원에 가야 한다니 "아악" 하고 비명을 지른다. 한 달 동안 쌓인 기억은 새로운 환경에서 빠르게 사라져갈 테다. 그래도 그 와중에 아이들이 죽을 때까지 잊지 못할 부모와의 추억 한두 개 정도 남으면 좋겠다 싶다.

유연하게,

고유하게,

따로
또 같이

1　　**2**　　**3**　　**4**　　**5**

Track 3

우리는 서툴지만
완전한 한 팀

좋은
아빠의 조건

"뭘 하고 있든지
아이 울음소리가 들리면
바로 엉덩이를 떼면 돼."

나이 마흔, 올림픽이 한창이던 여름의 중간에 아이가 태어났다. 아내는 육아휴직을 마치고 복직했다. 아침 일찍 나갔다가 밤늦게 들어오는 아내 대신 아침저녁 육아를 맡고 있다. 온종일 아이를 본다는 건 매일 두 가지를 마주한다는 것을 의미한다. 하나는 체력적인 어려움이며 또 다른 하나는 시간의 부족함이다.

아이는 매우 잘 세팅된 알람시계 같아서 매일 아침 거의 같은 시간에 일어난다. 평일, 주말을 가리지 않고 아침 7시에서 8시 사이면 여지없이 눈을 뜬다. 전날 밤 아이와 비슷한 시간에 잠자리에 든다면 아이와 함께 일어나는 게 크게 힘들지는 않다. 하지만 때때로 밤늦게 할 일을 마치고 새벽에 잠자리에 들 때면 아이의 기상 시간에 함께 일어나는 일이 꽤나 힘겹다.

시간의 부족함은 체력적으로 힘든 것과는 조금 다른 어려움을 가져온다. 아침 시간이야 그렇다 쳐도 매일 저녁 아이를 봐야 하는 건 많은 것을 포기해야 함을 의미한다. 나의 MBTI 첫 알파벳은 뼛속까지 'E'다. 게다가 깊고 좁은 취향이 아닌 넓고 얕은 취향을 가진 터라 온갖 것에 관심을 갖는 편이다. 그러다 보니 아이가 태어나기 전에는 저녁마다 많은 일을 했다. 일과 후 가까운 사람들과의 저녁 약속은 기본이고, 일에 도움이 되거나 관심사와 관련된 강의를 듣기도 했다. 주말에는 저녁 약속만 두세 개씩 잡곤 했다. 그러나 아이가 태어난 이후 이 모든 건 그림의 떡이 되었다. 아이가 돌이 되기 전까지 저녁 약속을 가진 건 한 손에 꼽을 정도였을까? 한 달에 한두 번은 꼬박꼬박 찾던 극장은 아이가 태어나고는 한번도 가지 못했다.

만약 내가 20대나 30대였다면 육아 때문에 모임이나 강의에 가지 못한다는 생각 때문에 꽤나 답답해했을 것이다. 어두운 스크린 앞에 앉아 팝콘을 먹으며 귓가를 때려대는 사운드를 느낄 수 있는 극장이 사무치게 그리웠을지도 모른다. 그런데 신기하게도 이 모든 것을 하지 못하는 것이 아쉽게 느껴지지 않는다. 간혹 시끌벅적한 술자리가 그리워지기도 하지만, 딱 거기까지다. 어쩌면 이건 40대에 아빠가 된 나에게 주어진 행운 같은 것이라 생각한다. 20~30대를 지나 40대가 된 지금은 사람들과의 관계보다는 내면의 나에게 더 집중하고 있다. 더 많이, 더 잘 갖기 위한 방법보다 잘 내려놓고 잘 거절하는 방법을 아는 사람이 되고자 노력하고 있다. 최신 영화 정도야 넷플릭스로 대체하면 그만이다. 어찌 보면 육아와 관계없는 가치관의 변화인 것 같기도 하지만 사실 육아를 더 잘할 수 있는 가치관으로의 변화이기도 하다.

아이가 태어나기 전, 이미 아빠가 된 지 몇 년 된 지인이 건네준 육아 팁이 기억난다.

"뭘 하고 있든지 아이 울음소리가 들리면 바로 엉덩이를 떼면 돼."

이게 말이 쉽지, 현실에서는 실천하기가 꽤나 어렵다. 친구와 카톡을 나누다가, 집중해서 드라마를 보다가, 맛있는 치킨이 막 도착한 찰나에 아이의 울음소리가 들리면 '아 누가 대신 좀 봐줬으면…' 하는 생각이 들기도 하는 것이다.

지금 생각해보니 그 팁은 육아에 필요한 '피버팅' 능력을 갖추어야 한다는 이야기인 듯하다. 피버팅이라는 단어를 처음 들은 건 아마 중학생 때였던 것 같다. 사춘기 시절, 그 어느 친구들 못지않게 농구에 열심이었다. 농구를 하며 처음 배운 규칙은 드리블을 멈추고 공을 잡아 들면 더 이상 걸을 수 없다는 것이었다. 그렇다고 아예 움직일 수 없는 것은 아니었다. 한쪽 발은 움직이지 않고 다른 발을 360도 회전해가며 마치 컴퍼스가 움직이듯이 몸을 돌려서 패스를 하거나 공격할 곳을 찾으면 된다. 이렇게 움직이는 게 바로 피버팅이다.

아이가 생기기 전부터 내 삶의 주인공은 나였다. 내가 만나고 싶은 사람을 만나고, 내가 가고 싶은 곳을 가고, 내가 하고 싶은 것을 해왔다. 나를 중심에 두고 마치 피버팅을 하듯이 다양한 관계를 맺고 다양한 모임을 가져왔다. 육아를 한다고 해서 내 관심사를 포기할 필요는 없다. 대신 무엇을 하건 간에 아이가 있는 방향으로 몸을 틀 준비를 하고, 아이가 찾으면 언제든 아이를 향해 몸을 돌릴 수 있으면 된다. 피버팅을 하는 대상에 '아이와의 시간'이 추가된 것이다.

좋은 아빠가 된다는 건 삶에서의 피버팅을 잘하는 사람이 된다는 것인지도 모른다. 삶의 피버팅을 잘하는 사람은, 아빠로서의 삶과 더불어 한 인간으로서의 삶 역시 굳건히 다져가는 사람일 것이다. 내가 굳건해야 아이도 제대로 사랑할 수 있다고 믿는다. '나'라는 중심축을 지지하는 발이 단단해야 '아이'를 향해 움직이는 다른 발도 재빠르게 움직이며 피버팅할 수 있다. 그러니 앞으로도 삶에 더욱 충실하려 한다. 언제든 아이에게 향할 피버팅 능력을 기르기 위해.

배 정 민

크리스마스에는
손톱을

**손톱처럼 계속 자라지만
아직 손톱같이 연약한 아이**

"정신없고 힘들긴 해요. 그런데 엄청 귀여워요."

기록적인 저출생 시대. 그래도 주변을 돌아보면 올해 엄마 아빠가 된 사람들이 있다. 송년 모임을 핑계 삼아 출산 전후로 한동안 보기 어려웠던 이들을 만났다. 눈물 없이는 듣지 못할 그간의 소회를 가만히 듣고 있노라니 신기하게도 얼굴빛이 닮아 있다. 말하는 내내 묘한 흥분이 감도는 달뜬 얼굴. 그동안 까마득히 몰랐던, 새로운 세상과 만난 사람의 얼굴이라고 해야 할까.

이들은 시도 때도 없이 깨는 아기 때문에 잠을 설치고, 분유 타기, 기저귀 갈기, 유아식 만들기로 끝없이 이어지는 육아노동의 굴레가 역시 듣던 것처럼 결코 쉽지 않음을 토로한다. 하지만 얼마 지나지 않아 그 토로는 우리 아기가 얼마나 방긋방긋 잘 웃는지, 얼마나 예쁜지 모르겠다는 가슴 뿌듯한 자랑으로 이어진다. 말하는 이의 얼굴은 영락없이 사랑에 빠진 사람의 얼굴이다. 마주한 사람마저도 입가에 미소를 짓지 않을 수 없게 만드는, 흐뭇함에 겨운 고슴도치 부모의 얼굴이다.

처음에는 그때 그 시절이 까마득한 과거처럼 아득히 느껴지기도 했다. 이제는 몇 개월 차에 몇 밀리그램의 분유를 타 먹였는지도 기억나지 않는다. 하지만 새로이 부모가 된 이들의 따끈따끈한 경험담을 듣고 있자니 어느새 나도 과거의 그 초보 부모 시절로 되돌아가고 있었다. 첫돌이 지나지 않은 아기를 위한 물건 중에는 앙증맞은 것들이 많았다. 옷, 신발 등을 구경하고 있자면 세상에 이렇게 작은 물건들이 사람을 위해 존재할 수 있다니 그저 놀라울 따름이었다. 이건 예뻐서, 저건 필요한 것 같아서 첫 아이를 키울 때에는 장바구니에 많이도 담았다.

유아용 손톱깎이가 유난히도 기억에 남는다. 처음 봤을 때 세상에 이걸 처음 발명한 사람은 대체 누굴까 하마터면 탄성을 지를 뻔했다. 유아용 손톱깎이의 손잡이는 문구용 가위의 모습을 하고 있다. 대신 연약한 아기 손톱을 잘 정리할 수 있도록 둥글게 마감된 아주 작은 날이 붙어 있다. 누가 봐도 '이건 아기를 위한 것이로군' 싶게 만들어진 도구다. 손톱깎이라기보다는 손톱가위라고 부르는 게 정확한 표현일 수 있겠다. 어쨌거나 아이를 만나지 않았다면 존재조차 모르고 지나쳤을 물건이다.

유아용 손톱깎이를 들고 한밤중에 살금살금 숨죽여가며 잠들어 있는 아이의 손톱을 정리해주던 때도 떠오른다. 스스로 아빠가, 부모가 되었다고 느낀 순간이다. 겨우 힘들게 재웠는데 행여나 다시 깰까 봐 연약한 아기 손톱을 손톱깎이로 하나씩 오리고(?) 있다 보면, 내가 이 아이의 보호자라는 실감이 났다. 분유를 타고 기저귀를 가느라 정신없던 낮과는 다른 결의 감정이 손톱깎이와 함께 자라나곤 했다. 손톱처럼 계속 자라지만 아직 손톱같이 연약한 아이다. 자식을 보호해야 한다는 감정이 일종의 본성이라면, 아이의 열 손가락을 하나하나 보듬으며 손톱을 정리하는 시간은 매번 그 본성이 충만히 차오르는 순간이었다.

며칠 전 아내가 출장차 자리를 비웠다. 아이들도 웬만큼 자란 터라 더 이상 엄마가 안 보인다고 울고불고하지는 않는다. 오히려 엄마 잔소리를 피할 수 있어 좋다는 표정마저 배웅하는 얼굴에 살짝 드러났다. 그동안 까먹은 점수를 만회하고자 잠시 일탈을 허용하기로 했다. 아빠 덕분에(!) 아이들은 평소보다 조금 더 놀고 숙제는 조금 덜 하다가 잠들었다.

오늘도 겨우 제시간에 재웠다. 속으로 콧노래를 부르며 불을 끄고 자려는데 아이들 손톱 발톱이 눈에 들어왔다. 이제 아이돌 노래도 웬만큼 따라 부르고, 엄마 아빠랑 말싸움을 해도 여간해서는 지지 않는 아이들이지만 손톱 발톱은 기다랗게 제멋대로다. "나도 이제 다 컸어. 아기 아니라니까"라는 말을 입에 달며 제법 큰 체하지만 아직 애들은 애들이다.

오랜만에 손톱깎이를 들어 두 아이의 손톱과 발톱을 차례로 정리해주었다. 톡 톡 톡. 모두 가지런히 깎아주고 나니 잠시 후련한 기분이 들었다가 금세 미안해졌다. 아이들 손톱과 발톱을 깎아준 게 대체 얼마 만이지? 도통 기억나지 않았다. 본인이 직접 깎을 만큼 자기 관리에 철저할 리 없으니 대부분 엄마나 할머니가 정리를 도와줬을 것이다.

찰스 디킨스의 소설 『크리스마스 캐럴』에 나오는 구두쇠 스크루지 영감은 크리스마스이브에 방문한 유령들을 통해 개과천선한다. 얼마 전 초보 부모들과의 만남이 내게는 비슷한 경험으로 다가온다. 이들이 갓 부모가 되어 느끼는 감정을 내게 고스란히 전하지 않았다면, 유아용 손톱깎이를 손에 들고 아이 손톱을 손질하던 그때 감정을 오롯이 꺼내보지 못했을 테니.

아이들과 복닥복닥 지내왔던 한 해가 저물어간다. 이제 유아용 손톱깎이는 더 이상 쓰지 않는다. 하지만 앞으로도 아이들이 제 손톱을 깔끔하게 정리하기까지는 시간이 걸릴 것이다. 내년부터라도 혼자서 깔끔하게 손톱 깎는 방법을 가르쳐야겠다는 생각, 더불어 언젠가 결국 떠나갈 자식이 품에 있는 동안이나마 잠들었을 때 몇 번 더 손톱과 발톱을 깎아주고 싶다는 생각이 머릿속을 교차한다.

이참에 내년부터 아이들의 손톱 발톱 정리를 전담할까? 어쩌면 크리스마스를 앞두고서야 이 남자가 개과천선했다고 아내가 쾌재를 부를지도 모르겠다. 비록 손톱만큼이더라도.

육아
경력직입니다

박정우

만약
육아 이력서라는 게 있다면

아내가 첫째 아이를 데리고 제주로 갔다. 장인어른까지 모시고 갔으니 3박 4일 여행이 아내에게는 휴식보다는 위아래로 의전을 수행해야 하는 출장에 가깝겠다. 물론 여행 자체만으로 힐링이겠지만, 힐링의 주체는 아내가 아닐 가능성이 크다. '아내가 **아이들**과 제주로 갔다'라면 못내 아쉬운 표정(과 기쁜 마음)으로 현관 앞까지 배웅했겠지만 '아내가 **아이**와 제주로 갔다'인 상황이라 전혀 설레지 않았다. 오랜만에 나머지 두 아이를 오롯이 혼자 책임져야 했기 때문이다.

아이 셋을 키우면서 육아 경력직이 되었다고 느낄 때가 있다. 육아 이력서라는 게 있다면 '비즈니스 디벨롭먼트'나 '어카운트 매니지먼트' 정도의 단어는 무리 없이 끼워 넣을 수 있겠다는 생각이 든다. 회사생활도 마찬가지 아닌가. 신입으로 입사해 이 일을 왜 하고 있는지 모르는 채로 주어진 업무를 정신없이 하다 보면 대리가 되고 과장이 된다. 슬며시 자신감이 생긴다.

'이거… 혼자서도 할 수 있겠는데?'

아이들을 조금 일찍 어린이집에 보내고, 조금 일찍 퇴근해 다시 아이들을 데려오면 나쁘지 않을 것이라고 막연히 생각했다. 첫날, 계획대로 아이들을 평소보다 일찍 어린이집에 들여보냈다. 여유 있게 커피 한 잔을 손에 들고 사무실로 들어갔다. 그런데 웬걸? 자리에 앉고부터 쫓기기 시작했다. 쌓인 일을 허겁지겁 처리하면서 계속 시계를 보게 된다. 할 일은 많고 시간은 얼마 지나지 않은 것 같은데 벌써 아이들을 데리러 갈 시간이다.

175

퇴근길에도 계속 시계를 보며 시간을 계산했다. 어린이집에서 아이들을 데리고 집으로 온 뒤, 아이들이 배고프다고 아우성칠 때까지 나에게 주어진 시간은 단 30분. 아직 저녁 메뉴조차 정하지 않은 상태였기에 초조함에 침이 바짝 마르기 시작했다.

늘 데리러 오는 엄마가 아닌 아빠가 어린이집 현관에 서 있는 걸 보고 둘째와 셋째는 잠깐 어리둥절했지만 금방 차에 올라탔다. 하필이면 퇴근 시간이라 막힌다. 꽉 막힌 도로 위에서 내게 주어진 시간은 점점 줄어들고 있다. 집에 도착해 아이들에게 손을 씻으라 하고 얼른 밥솥에 쌀을 안친다.

기도하는 마음으로 냉장고 문을 연다. 다행히 아내가 사놓은 닭곰탕 두 봉지가 있다! 얼른 뜨거운 물을 받아 대충 해동하고 가위로 윗부분을 잘라 냄비에 담는다. 중간중간 아이들 눈치를 본다. 아직은 괜찮다. 곰탕이 부글부글 끓어오르자 아이들은 슬금슬금 부엌으로 눈길을 보낸다. 상을 차린다. 밥솥은 취사가 완료되었다며 뜨거운 김을 뿜어낸다. 얼른 곰탕을 그릇에 담고 밥을 말아 아이들 앞에 내었고 아이들은 고맙게도 김치 반찬 하나로 국밥을 한 그릇씩 뚝딱 해치웠다.

이튿날 아침, 아이들과 아침으로 시리얼을 대충 챙겨 먹고 어린이집 등원을 준비하고 있었다. 이 정도면 할 만하다고 생각하는 순간 막내가 손바닥으로 코 밑을 쓰윽 훔친다. 설마 하는 마음으로 손바닥을 낚아채서 보니 축축하다. 막내의 코에는 콧물이 맺혀 있고 급하게 연차휴가를 신청하는 나의 눈에는 습기가 맺힌다. 두 줄이 뜬 자가진단키트를 들고 보건소로 달려가 PCR 검사를 받았다. 다음 날 막내는 코로나 확진 판정을 받았다. 보름 전 다른 가족들이 전부 확진되었을 때 끝까지 음성이더니, 이 녀석 이러려고 여태 버텼구나.

아내에게 상황을 알렸다. 아내도 정신이 없었다. 제주에서 실시간으로 그날의 일정을 짜고 있었다. 밥을 먹으면서 다음 목적지를 검색하고 목적지에 도달하면 다음 밥집을 검색하고 있단다. 두 아들과 함께 자가 격리에 들어간 나 역시 당장 점심에 무엇을 먹을지부터 고민해야 했다. 저녁 또한 누가 차려줄 리 만무하니 적어도 다음 끼니와 그다음 끼니까지 미리 생각해야 한다.

중간중간에 아이들이 어떻게 하면 무료하지 않게 시간을 보낼 수 있을지도 고심해야 했고, 밀린 회사 일의 우선순위도 정리해야 했다. 상황이 이러니 나 자신의 체력 안배에도 신경 쓸 수밖에 없다. 힘을 뺄 때는 적절하게 빼고 있어야 나중에 필요할 때 힘을 쓸 수 있으니까. 눈앞에 닥친 일들을 처리하면서 몇 시간 앞을, 며칠 앞을 내다봐야 했다.

아이들을 며칠씩 혼자 본 건 이번이 처음은 아니다. 아이들을 낳고 얼마 지나지 않아 깨달았다. 쉴 수 있을 때 나와 아내 중 한 명이라도 제대로 쉬어야 한다는 사실을. 앞서 이야기했듯이 아이를 하나 데리고 있으나 둘을 데리고 있으나 셋을 데리고 있으나 힘든 건 마찬가지니까. 두 명만 돌본다고 3분의 2만큼만 힘든 것도 아니거니와 그렇다고 나머지 부모도 3분의 1만큼만 힘든 것도 아니다. 아이를 돌보는 일은 어차피 고된 일이라 더 고되고 덜 고된 정도의 차이만 있을 뿐이다. 아이들을 돌보는 일은 힘닿는 데까지 양육자 둘이 함께 했지만 피치 못할 때에는 한 사람이 몰아서 보고 다른 한 사람이 온전히 쉬었다.

다음 기회에는 바통터치. 그 덕분에 나름 가벼운 마음으로 며칠씩 출장을 갈 수 있었고, 아내도 가끔 하루 이틀 혼자만의 시간을 가지면서 삶의 균형을 유지할 수 있었다. 우리만의 깔끔한 인센티브 제도를 만들어놓은 것이다.

아내가 여행에서 돌아왔다. 돌아온 아내도 지쳐 있었고 집에만 있던 나도 지쳐 있었다. 둘이 거실 소파의 양 끝에 멀찍이 떨어져 앉았다. 지난 나흘은 둘 중 한 명도 제대로 쉬지 못한 시간이었다. 야속하게도 고생은 고생대로 해놓고 휴식이라는 보상을 받지 못할 것을 우리는 알고 있었다. 서로를 바라보며 힘겹게 입꼬리를 올렸다. 그래도 이게 어디냐며. 나에게 네가, 너에게 내가 있어서 얼마나 다행이냐며.

제때 돌아와준 아내와 큰아이가 반가웠다. 나흘 동안 한 끼 걸러 한 끼 국밥을 말아준 아빠를 원망하지 않고 맛있게 척척 먹어준 두 아이한테도 고맙다. 이번 경험을 계기로 내 육아 이력서에 항목 하나를 추가해본다. 리스크 매니지먼트.

손
현

’

육아휴직이
내게
가르쳐준 것들

어떤 일이든 3개월을
매일 반복하면
나름의 요령과 의미가 생긴다

"휴직 중이라며? 조만간 팝업 키친 여는데 일일 설거지 아르바이트할래?"

옥수동에서 식당 겸 작업장을 운영하는 친구가 물었다. 육아휴직을 시작한 지 한 달이 지났을 때였다. 당분간 통장에 월급이 들어오지 않을 텐데 카드 명세서 숫자는 그대로였고 대출 원리금도 내야 했다. 이런 상황을 먼저 경험한 지인들의 조언대로 마이너스 통장을 만들기는 했는데 이렇게 빨리 써야 할 줄 몰랐다.

"좋지. 내가 설거지를 얼마나 열심히 하는데."

친구에게 호기롭게 대답하곤 5월의 어느 주말로 아르바이트 날짜를 정했다. 용돈이나 벌 심산이었는데 알고 보니 설거지 아르바이트는 설거지 '만' 하는 일이 아니었다. 설거지를 잘하려면 손님이 식당에 들어올 때부터 나갈 때까지 전 과정을 이해하고 있어야 했다. 워낙 작은 규모의 업장이라 나 역시 일부 손님을 직접 응대하며 주문을 받고 간단한 음료는 직접 만들어 서빙했다. 씻어야 할 그릇을 누가 가져다주지 않으므로 홀을 둘러보며 알아서 그릇도 치워야 했다. 설거지는 눈치껏 틈틈이 하거나, 바쁜 시간대가 지난 뒤 한꺼번에 처리했다. 그날 나의 활약은 주방 구석에 있는 두 개의 개수대에서 여실히 드러났다. 설거지 담당에게 일을 잘한다는 의미는, 더 이상 씻을 그릇이 없어 깨끗한 개수대를 뜻했다.

12시부터 오후 8시까지 강도 높게 일했지만 나는 그날 일당은 받지 않겠다고 했다. 여덟 시간의 노동을 돈으로 환산할 수 없었다. 접시 깨뜨리는 걸 제외하고는 결제 실수, 주문 누락 등 업장에서 저지를 수 있는 거의 모든 종류의 실수를 했기 때문이다. 친구를 응원하고 싶은 마음 반, 미안한 마음 반이었다. 대신 일당보다 훨씬 값진 걸 얻었다. 육아와 집안일을 대하는 내 태도를 다시 점검해볼 수 있었다.

2022년 4월부터 휴직했으니 어느덧 3개월이 지났다. 다니던 회사에는 신규 입사자가 수습 기간을 거친 뒤 긴밀히 일한 동료에게 피드백을 받는 3개월 리뷰 과정3MR이 있다. 15개월 차 딸 송이에게 피드백을 받고 싶지만, 사실상 불가능하다. 그가 말할 수 있는 단어는 대략 다섯 가지뿐이다. 엄마, 아빠, 맘마, 멍멍(길에서 마주친 강아지들에게 하는 인사), 빠방(간이 자전거나 유아차를 타고 밖으로 나가자는 제안).

하여 설거지 담당자의 관점에서 스스로 회고해봤다.

첫째 달(4월) 머리로는 내가 지금 주방에서 접시를 닦아야 한다는 걸 알겠는데, 몸은 주방 바깥을 서성이느라 개수대에 접시가 쌓여갔다. 일하던 관성에서 벗어나는 게 어려웠고 나만 뒤처지는 건 아닐까 하는 불안이 이따금 찾아왔다. 미처 인수인계하지 못한 업무도 남아, 휴직 후 2주 정도 간간이 일하느라 아내 양실장의 시간까지 써야 했다. 회사 슬랙과 메일 등이 비활성화된 후에야 비로소 전업주부이자 주 양육자 모드로 전환할 수 있었다. 송이의 돌잔치까지 마쳤다!

둘째 달(5월) '접시를 닦자! 근데 왜 나만 닦아야 하지?'를 고민했던 달. 이런저런 가족행사가 많았고 나들이하기에도 좋은 계절이었다. 풀타임 육아가 손에 익으면서 이번에는 독박 육아에 대한 불만이 생겼다. 아내가 전에 다니던 회사를 그만두고 본인 브랜드를 준비하면서 평일이나 주말에 일시적으로 육아를 교대해주기 어려운 상황이 생겼는데, 나 역시 피로가 쌓이면서 조금씩 마찰이 생겼다.

셋째 달(6월) 개수대에서 고개를 드니, 이제야 내 손님(송이와 아내)과 업장이 보이기 시작했다. 아내와 대화를 나누고 솔루션을 찾기 시작하면서 최근에야 내 일상이 제법 안정적으로 굴러가고 있다. 청소 등 집안일은 주 1~2회라도 비용을 들여 외부 서비스를 적절히 활용할 것. 아이와 하루 한 번이라도 집 밖으로 나가 함께 놀거나 산책하며 환기하는 시간을 가질 것. 마음의 여유가 생기면서 육아일기도 쓰기 시작했다.

어떤 일이든 3개월을 매일 반복하면 나름의 요령과 의미가 생긴다. 육아와 가사노동도 마찬가지다. 처음에는 설거지만 하면 될 줄 알았는데, 집안이 돌아가는 큰 그림을 이해하게 되었달까. 요즘은 거의 매일 집 근처 공동육아방을 가고, 일주일에 한 번 정도는 차로 30~40분 거리에 있는 부모님 댁으로 간다. 그곳에서는 육아를 하더라도, 돌보는 어른이 여럿이라 훨씬 낫다. 육아 관련 주요 물품은 여전히 아내가 챙기지만 기저귀나 분유, 장보기 등은 내가 챙긴다.

돌이켜보면 휴직 초반에는 나를 더 신경 썼다. 이제는 송이의 보호자로서 보이지 않던 게 보인다. 송이 눈높이의 세상이 얼마나 다채롭고 재밌는지, 동시에 위험할 수 있는지 말이다. 공동육아방, 학교 앞의 다른 돌봄 양육자가 보이고, 아이와 있을 때 계속 핸드폰만 보는 어른을 보면서 나도 반성하게 된다. 이따금 아이랑 놀이터에 오는 할머니들과 자연스럽게 인사한다.

내 시간을 어떻게든 확보하고 주도권을 상황에 뺏기지 말아야 한다는 집착을 내려놓으면서 새로운 해방감과 몰입도 느끼고 있다. 『몰입』(한울림 2004)의 저자로 알려진 헝가리 심리학자 미하이 칙센트미하이는 2004년 TED 강연에서 문화나 교육 수준에 상관없이 몰입 상태에 있을 때의 조건을 언급했다.

"몰입은 일단 강렬해지기 시작하면, 무아지경으로 인도한다는 데 초점이 있습니다. 매 순간 원하는 것이 무엇인지 정확하게 알고, 즉각적으로 피드백을 받습니다. 해야 할 일이 비록 어렵더라도 해낼 수 있다는 걸 알고 있으며 시간관념은 사라지며 자기 자신을 잊어버리죠. 더 큰 무언가의 일부가 된 것처럼 느끼게 하거든요. 이런 조건들이 형성되면, 하고 있는 일이 그 자체로 해야 할 가치(자기 목적성)가 있게 됩니다."

그는 몰입 상태에 도달하거나 그 상태를 유지하려면, 개인 능력과

풀어야 할 과제 수준이 엇비슷해야 한다고 강조했다. 내 능력보다 과제가 어려우면 불안을 느끼거나 상황에 압도될 수 있고, 거꾸로 내 능력보다 과제가 쉬우면 금세 지루해진다. 이렇게 보니 지난 6월부터 육아가 가끔 몰입 상태에 접어들 수 있었던 까닭은, 송이가 원하는 과제 수준과 내 능력이 대등해졌기 때문이 아닐까 싶다. 게다가 송이의 피드백은 늘 신속하다. 표정을 보면 알 수 있다.

"카톡이 편지예요? 왜 이리 답이 느려요."

물론 어떻게 하면 가사노동을 효율적으로 할 수 있을지, 어떻게 하면 육아에 더 몰입할 수 있을지 궁리하는 동안 비혼의 동료들과 소통하는 데 공백이 생기기도 한다. 친하게 지내던 팀원 하나는 나에게 "육휴 첫날, 잘 즐기셨나요?"라고 묻기도 했다. 그때는 나도 모든 게 혼돈이라 '즐기다뇨?'라고 되물을 뻔했지만 이제는 허허허 웃으며 답할 수 있다.

"지금이 참 좋아요. 이 시간이 언제 또 오나 싶기도 하고요."

3개월 동안 워밍업을 마쳤다. 앞으로 남은 9개월이 기대된다.

심규성
●●●●●

육아는
해보지 않으면
모를 여행

,

부모 취향에 맞춰
아이가 자라기도 하지만,
아이 성향에 의해 부모가 바뀌기도 한다

6월 중순 무렵이었다. 열감기에 걸린 이현이가 처가에 머물면서, 단톡방은 오랜만에 글자 위주의 메시지가 오가고 있었다. 평소 아이 사진과 영상만 올라오던 방이었기에 문자로만 이뤄진 메시지는 유독 눈에 잘 띄었다. 모든 대화의 시작은 장모님이었다.

"어젯밤 약 먹고 놀다 자서 이제 일어났다. 지금은 37도고 기분 좋은 상태."

"아침에 기분 좋게 일어났다. 약 먹고 열 떨어지니 잘 놀아. 걱정 마."

나와 아내, 처남을 포함해 양가를 통틀어 가장 에너지 넘치고 체력 좋은 어른인 장모님은 아이 돌보는 건 별일 아니라는 듯 항상 '괜찮아'로 시작해 '걱정 마'로 끝나는 메시지를 주시곤 했다. 심지어 어느 날에는 이런 제안까지 덧붙이셨다.

"가족여행 갈래? 클럽 ○○리조트라고 오래되었지만 근처에 숲이 있어서 좋고 작지만 야외 수영장도 있어."

아픈 아이를 돌보느라 평소보다 두세 배는 힘드셨을 텐데 그 와중에 전부터 눈여겨본 리조트의 취소표를 발견하고 가족여행까지 제안하신 거다. 단톡방 대화는 어느새 현재가 아닌 미래 시제로 바뀌었고 내용도 한결 가벼워졌다. 아내가 답했다.

"나는 좋지. 스케줄 확인해볼게!"

나도 이어 말했다.

"네, 저도 좋습니다! 휴가도 낼 수 있어요."

2박 3일의 가족여행은 이렇게 일사천리로 결정됐고, 아이도 언제 아팠나 싶을 정도로 금방 컨디션을 회복했다. 국내 여행이었기에 준비물에 대한 부담도 없었다. 그때 왜 아무 부담도 갖지 않았을까 후회가 될 정도로 말이다. 한 달이 순식간에 지나고, 차로 세 시간 가까이 운전해 도착한 리조트는 단독 별장처럼 지어진 낡고 오래된 곳이었다. 숙소는 산속 호숫가에 자리 잡고 있었다. 숲 역시 정말 좋아서 그저 산책만 해도 좋을 것 같았다. 그러나 주차를 하고 짐을 꺼내는 순간 느꼈다. 이 날씨에 할 수 있는 건 두 가지라고. 숙소에서 에어컨을 틀고 머물거나, 차가운 물속에 들어가거나. 조금만 걸어도 땀이 흐르고 더 걸으면 살이 빠질 것 같은 체감 40도의 날씨였다.

어른 넷과 25개월 아이 한 명이 숙소 안에서 할 수 있는 건 많지 않아 보였다. 텔레비전을 보거나 방방곡곡 숨바꼭질을 하거나. 무더위 여행길에 아이도 어른도 모두 지친 상태였고 우리에게는 다른 활동이 필요했다. 이번에도 분위기 전환은 장모님 몫이었다.

"수영장 가자. 이현이 탈 튜브도 당근에서 사 왔어."

여행 하루 전 아내와 나의 마지막 대화가 '이현이 수영복 챙겼어?'였기에 자신 있게 아이 수영복을 꺼냈다. 윗도리와 바지를 아이에게 입히고 튜브에 바람을 넣었다. 하지만 이어지는 장모님의 질문에 나는 자신감을 잃었다.

"너희는 안 들어가?"

아이 수영복을 챙기면서 정작 아내와 내 수영복 챙길 생각을 하지 못했다. 정확하게는, 깜박하고 못 챙긴 게 아니라 '우리는 안 해도 되겠지'란 마음으로 챙기지 않은 것에 가까웠다. 6년 가까이 연애하면서 여름에 워터파크는 물론 해수욕장도 가본 적 없는 커플에게 수영복이란 웬만하면 박스 바깥으로 나오지 않는 소장용 옷이나 다름없었기 때문이다. 게다가 난 물과 친한 편도 아니었다. 어릴 적 수영장에서 뒤로 넘어져서(비록 기억이 가물가물한 세 살 때지만), YMCA 아기 스포츠단 시절 물을 많이 먹어서, 수영을 잘 못해서, 머리가 물에 젖는 게 싫어서 등등 물을 좋아하지 않는 이유는 많았다. 이런 변명 같은 사정을 장인, 장모님께 구구절절 설명드릴 상황은 아니었기에 튜브에 열심히 바람을 넣으며 말씀드렸다.

"깜박하고 못 챙겼어요. 물에는 못 들어가지만 바깥에 있을게요."

민망했던 순간이 지나고 결국 아이와 장인어른, 장모님만 수영복을 입고 문밖을 나섰다. 수영장까지는 꽤 거리가 있어 운전을 해야 했다. 운전석에 앉아 근처 주차장까지 차를 몰고 가는 5분 남짓한 시간 동안 조금이나마 아빠이자 사위 역할을 한다고 생각했다. 그 역할도 잠시. 입구에서 마주한 광경은 '수영 안 해도 되겠지'로 일관했던 초보 아빠에게 여러 현실을 자각하게 해주었다.

현실1 수영복은 수영하려고 입는 옷이 아니다.

아이들로 가득 찬 수영장에서 수영복은 그저 함께 물에 들어가기 위해 필요한 입장권이자 드레스 코드였다. 오로지 물놀이에 집중하는 아이들과 부모들의 모습이 그랬다. 저출생 시대란 말이 무색할 정도로 풀 안은 유자녀 가족들로 가득했다. 이름을 키즈 수영장이나 가족 수영장이라고 바꿔도 될 정도로. 그 안의 부모들은 오롯이 자녀들에 집중하며 튜브를 끌어주거나 카메라로 사진을 찍거나 아이와 물장구치기 바빠 보였다. 사람들로 가득한 수영장에서 진짜 수영을 한다는 건 럭셔리 풀빌라에서 누릴 법한 사치로 느껴졌다.

현실 2 수영복은 수많은 '장비' 중 하나다.

여가생활의 즐거움은 장비 양에 비례한다고 했던가. 물놀이도 예외는 아니었다. 맥시멀리스트 성향인 나였지만 수영장에서는 명함도 내밀 수 없었다. 아이들 대부분은 난생처음 보는 튜브와 보트, 구명조끼, 가지각색 수영모와 물안경, 물총 등으로 중무장하고 있었다. 그들은 마치 나 같은 초보 아빠 보란 듯이 물로 할 수 있는 모든 놀이를 하며 각각의 기능을 시연하고 있었다. 수영장에 머무는 동안 머릿속 장바구니에는 끊임없이 새 상품들이 추가됐고 아내도 머리가 꽤 복잡해 보였다.

현실 3 수영모자도 수영복의 일부다.

적어도 아이 것은 다 챙긴 줄 알았는데 그게 아니었다. 물에 들어가려면 모자가 필수였다. 쓰지 않은 사람은 안전요원들의 단속에 걸렸다. 찾아보니 머리카락 때문에, 사고 방지를 위해 등 다양한 이유가 있었고 한국의 공공 수영장에서는 이미 '국룰'과도 같은 규정이었다. 다행히 그곳은 반드시 정식 수영모자를 쓸 필요는 없어 우리는 급한 대로 평소 아이가 쓰던 야구모자를 씌웠다. 장인어른과 장모님도 모자를 구해 겨우 풀 안으로 들어가실 수 있었다.

여행은 해피엔딩이었다. 수영장에서 열심히 찍은 영상과 사진 들은 장모님의 '프사'가 됐고, 장인어른은 만나 뵐 때마다 또 한번 아이와 수영장에 가자고 하신다.

한때 육아가 여행 같다고 생각한 적이 있다. 직접 해보지 않으면 모를 수밖에 없는 여행. 그 장소에 직접 가보지 않고는 경험했다고 말할 수 없는 여행. 이번 여행은 그런 의미에서 더 육아 같은 여행이자 여행 같은 육아였다.

이제야 추억이지만, 돌이켜보면 두 살 남짓한 아이를 처음 수영장에 데려가면서 정작 그 부모가 수영복을 챙기지 않았다니, 얼마나 무모한 행동이었나 싶다. '엄마 배 속도 물이었으니 알아서 뜨겠지' '얕은 데가 있으면 알아서 놀겠지'라고 생각하지 않는 한 불가능한 행동이었고, 그 생각도 겪어보지 않은 자만 할 수 있던 생각이다. 장모님의 당근마켓 거래가 없었다면 수영장 앞에서 멀뚱히 서 있기만 했을지도 모른다.

더 곰곰이 생각해보면 내 아버지, 어머니도 물을 좋아하시지 않았던 것 같다. 바다보다는 산으로 간 여행이 많았고, 일가친척과 함께하지 않는 이상 가족여행지에 수영장이 있던 적도 없었다. 그럼에도 어릴 적 앨범을 보면 난 물속에 자주 들어갔었다. 당신들의 취향과 무관하게 나는 나름 물을 즐기는 얼굴을 하고 있었고, 그 뒤에는 어색한 수영복을 걸쳐 입고 두 아이를 이끌어주는 어머니나 아버지 모습이 보였다.

부모 취향에 맞춰 아이가 자라기도 하지만, 아이 성향에 의해 부모가 바뀌기도 한다. 이현이가 좋아하는 디즈니 노래를 나도 모르게 흥얼거리고 있고, 새벽 일찍 일어나는 아이 덕분에 주말이면 가끔 아침 새소리를 들으며 기상한다.

물은 여전히 두렵지만 이번 여행을 계기로 나중에 다시 도전해보고 싶다는 생각이 든다. 콤플렉스도 트라우마도 있지만 언젠가 아이랑 같이 휴양지 바다에서 수영할 상상을 하면 꽤 괜찮은 도전이자 변화이지 않을까. 오늘은 일단 장바구니에 담아놓은 구명조끼부터 결제해야겠다.

아이가 걸으면
육아가
쉬워진다?!

아이의 작은 걸음이
다 큰 어른을 꿈꾸게 한다

이서가 걷기 시작했다. 아이가 걷는다는 건 여러 가지를 의미한다. 첫째, 양육자의 몸이 힘들어지기 시작한다. 둘째, 육아가 조금 쉬워진다. 마지막으로 아이와 할 수 있는 것이 늘어난다.

양육자의 몸이 힘들어지는데 육아가 조금 쉬워진다는 말이 얼핏 모순되는 이야기처럼 들릴지 모르겠다. 그런데 사실이다. 놀랍게도 몸은 힘든데 육아는 조금 쉬워진다. 아이가 걷기 시작하면 양육자는 아이의 뒤를 졸졸 따라다녀야 한다. 매장에서, 공원에서, 심지어 거실에서도. 걸음마를 뗀다는 건 넘어지기 시작한다는 의미이기도 하다.

아이들이 넘어질 때 유난히 신경 쓰이는 이유가 있다. 무방비 상태로 넘어지기 때문이다. 아이들에게 '이 자세라면 넘어지겠는걸?' 따위의 자각이나 대비는 없다. 그저 내키는 대로 걷고 닥치는 대로 넘어질 뿐. 그러니 양육자는 아이가 걷기 시작하면 집사처럼 바짝 붙어 있거나 최대한 가까운 거리에서 아이의 걸음 하나하나를 예의 주시해야 한다. 이러니 몸이 힘들 수밖에.

그런데 동시에 육아가 조금 쉬워진다. 예를 들자면, 아이를 낳고 늘 트렁크에 챙겨 다니던 유아차를 꺼내지 않는 상황도 생긴다. 아이가 걷기 시작하면 제 발로 땅을 디디는 것이 신기해서인지 여기저기 활보하기 마련이다. 유아차에 앉기를 거부하는 경우도 있다. 때로는 아이가 실컷 걸을 수 있도록 부러 유아차를 챙기지 않기도 한다. 자고로 외출 준비물이 하나둘 줄어들수록 육아의 난이도도 낮아지는 법.

이서가 걷게 되니 함께 갈 수 있는 곳, 할 수 있는 것들이 늘어난다.

정확히는 이서가 맘껏 걸으면 좋겠다는 공간을 더 적극적으로 간다. 대표적인 곳이 공원이다. 전에도 서울숲을 종종 갔지만 걷지 못하는 이서를 안고 있어야 했다. 결국 넓은 공원에 가도 좁은 돗자리에 갇힌 셈이었다.

아이가 걷고 나서는 상황이 다르다. 어느 주말, 다시 들른 서울숲 공원 한편에 자리를 잡고 돗자리를 폈다. 이제 돗자리는 짐을 놓는 곳에 불과하다. 이서는 도통 앉으려 하지 않는다. 누구와 약속이라도 한 듯 공원 끝에서 반대쪽 끝을 가로질러 걷는다.

날씨가 좋아서인지 이서 또래의 아이들과 내 또래의 부모들이 꽤 많이 나와 있었다. 개중에는 집에서 챙겨 온 버블건을 연신 하늘에 쏴대는 아이들도 있었다. 이서는 비눗방울이 마치 자신을 위해 준비된 것처럼 이리저리 쫓아다녔다. 엄마나 아빠를 찾는 기색은 전혀 없다. 그저 자신의 머리 위로 날아다니는 비눗방울에 정신이 팔려 있다. 넘어지기도 하고 다른 아이와 부딪히기도 했지만 그런 건 문제가 아니었다. 새로운 아이템을 장착한 게임 속 캐릭터처럼, 아이는 걷기 기능이 추가된 자신의 두 다리를 연신 움직이고 있었다.

아내와 나는 늦가을의 더위 속에 아이를 따라다니며 땀을 흘렸다. 땅에 있는 돌멩이를 자연스레 입에 가져가는 아이를 막아야 했다. 땅이 채 마르지 않아 진흙이 있는 곳을 피하도록 아이를 들어 옮기기도 했다. 날씨를 잘못 예측한 탓에 두툼한 옷을 입고 나갔다가 앞으로는 일기예보를 꼼꼼히 챙기리라 다짐했다.

그럼에도 아이가 걷고 나서는 육아가 편해짐을 느낀다. 제 몸 하나 건사하지 못하던 아이가 이제는 우리 품을 벗어나 제 발로 걷고 있으니 말이다. 10킬로그램이 넘는 아이를 매번 안고 있어야 하는 체력 부담이 덜어지기도 한다(종종 아이의 무게가 부담되어 '이서가 어서 빨리 걸어줬으면…'이라고 생각한 적이 있음을 이제야 고백해본다).

이서가 걷기 시작하자 신세계가 펼쳐진 느낌이 든다. 걷는 이서와 함께 할 다양한 일을 상상하게 된다. 나도 조만간 여느 부모들처럼 버블건을 살 것이다. 그리고 이서 머리 위로 비눗방울을 마구 쏴줄 것이다. 크고 작은 비눗방울을 배경 삼아 걷는 아이의 사랑스러운 모습을 보고 싶다. 이서가 조금 더 크면 야트막한 산에도 가야지. 조금 더 선선해지면 한강을 찾아 공놀이도 해야지. 내년 여름에는 집 근처 계곡도 갈 수 있겠지. 얼마나 더 크면 원반던지기나 캐치볼 같은 놀이를 함께 할 수 있을까? 아이와 함께 할 것들을 상상하니 마음 한구석이 벅차오른다.

아이의 걸음 하나마다 흐뭇한 상상 하나가 더해진다. 아이의 작은 걸음이 다 큰 어른을 꿈꾸게 한다.

부산에서
육아할 결심

──────────────────────

**휴가가
필요해**

──────────────────────

바다가 보이는 부산의 어느 카페에서 이 글을 쓴다. 2022년 5월 중순에도 같은 카페에 있었다. 그때는 나 홀로 휴가 중이었고, 이번에는 아이와 함께 내려왔다. 어쩌다 달콤한 휴가 중에 아이와 부산에서, 그것도 감히 단둘이 한 달을 지낼 생각을 했을까. 스스로도 복기가 필요해 기억을 짚어본다.

전업주부에게도 휴가는 필요하다. 직장인도 이직하면서 일주일은 쉬는데 지난 4월 초, 바쁘게 일하다가 하루도 쉬지 못한 채 전업 직장인에서 전업주부로 '이직'했다. 아내는 이미 연초에 4박 5일 휴가를 사용한 터라, 나의 휴가 요청을 결재해줬다. 단, 조건이 있었다. 5월에 2박 3일만 쓸 것.

어디에서 휴가를 보낼지 고민하다 부산이 떠올랐다. 아이가 태어나기 전부터 매년 한 번씩 들러 익숙한 도시다. 마침 가족 돌잔치 사진을 찍어준 사진작가 부부가 해운대구에 살고 있고, 가까운 출판사 대표와 편집자도 워케이션(일work과 휴가vacation의 합성어) 중이었다. 해운대 근처의 저렴한 호텔을 예약했다. 호텔보다는 유스호스텔에 가까운 모양새였지만 나름 바다가 보이는 방에서 누구에게도 방해받지 않고 푹 잘 수 있다는 것만으로도 감사했다.

여행 준비는 거의 하지 못했다. 아이가 잠든 뒤 밤부터 짐을 쌌다. 지저분한 부엌을 정리하고 젖병 설거지까지 마치니 새벽 4시 10분. 맥주 한 캔을 땄고 소파에서 한 시간 눈을 붙이고 공항으로 가 부산행 비행기를 탔다. 겨우 3일치 자유인데, 군 복무 시절 휴가 복귀 직

전의 심경과 비슷했던 것 같다. 그때 쓴 일기를 보면 이렇게 애타게 자유를 갈망한 적이 있나 싶을 정도다.

> 잠자는 시간조차 아까운 새벽 시간은 나에게 자유일까, 마지막 발악일까. 그게 잠시 깨어 있을 자유이고 지속 가능하지 않다는 걸 알면서도 나를 챙기는 고요가 소중하다.

그때 적은 문장 중 일부다.

아이러니하게도 부산에 있는 동안, 하루 평균 1만 7,400보씩 걸으며 부동산을 알아보러 다녔다. 가을쯤 아이와 부산에서 지내면 좋겠다는 상상을 했기 때문이다. 다른 이유도 있었다. 아내의 업무가 한창 바쁠 때라 잠시나마 독박 육아를 해보니, 한 달 정도는 온전히 나 혼자 아이를 돌볼 수 있겠다는 무모한 용기가 생겼다. 물론, 아이가 하루가 다르게 커가는 걸 보면서 그게 미친 생각이라는 걸 깨달았지만 한 번쯤 도전해볼 법한 미션이었다. 그리고 무엇보다 아이에게 바다 가까이 살면서 모래사장에서 노는 경험을 선물해주고 싶었다. 시기는 10월로 정했다. 유일하게 가족행사와 명절이 없는 달이었다.

목표를 세우니 시한부 자유보다 가까운 미래에 아이와 다시 내려올 준비를 마치는 게 더 중요해졌다. 부산 출신 지인에게 묻고 소셜 미디어를 통해 사람들에게도 물었다.

"부산에서 한 달 살 기회가 주어진다면 어느 동네에 살고 싶으세요?"

돌아온 답은 다양했다. 그중 한 명이 남천동을 추천했다.

"바닷가에서 걸어갈 수 있는 곳이 좋겠군요. 광안리 근처는 어떠세요? 제가 유년기를 보낸 남천동은 '빵천동'이라 불릴 정도로 베이커리랑 카페가 많이 있어요. 지하철 2호선도 있어서 해운대와 서면 접근성도 괜찮고요."

병원이 가깝고 월세가 너무 비싸지 않으며 가급적 유아차를 끌기 편한 평지일 것, 비상시 도움받을 만한 지인이 있는 곳 등으로 조건을 깐깐히 추리니 결국 해운대, 광안동, 남천동 정도가 남았고 그중 광안동으로 숙소를 정했다.

부산생활을 시작한 지 어느덧 보름이 되어간다. 어느 도시를 관광차 방문하면 지역 맛집이나 명소를 찾게 되지만, 아이와 지낼 목적으로 오면 동네 소아과와 마트, 놀이터, 안전한 산책로부터 찾게 된다. 이곳에 머무는 동안 몸은 몹시 고단하겠지만, 그만큼 잊지 못할 추억을 만들고자 한다. 동시에 두 가지 화두를 고민할 예정이다.

자유란 무엇인가.

가족이란 무엇인가.

앞으로 부산은 어떤 도시로 기억될까. 다시는 놀러 가고 싶지 않을 정도로 힘든 기억으로 남을지, 딸이 더 크면 들려줄 이야깃거리가 풍성한 도시로 남을지 나도 모르겠다.

실로 끝이 없는
세계

배
정
민

● ● ●

● ●

● ,

서로 응원하고 배려하는
'지속 가능한' 육아 라이프가
이어지기를 꿈꿔본다

"코리아오픈 테니스 여자 결승이라는데 한번 가볼까?"

시작은 영화 한 편이었다. 테니스 여제 세레나 윌리엄스의 은퇴 예고 뉴스가 너무 인상적이어서 뇌리에 계속 남아 있었다. 그러던 차에 세레나의 아버지 리처드 윌리엄스의 생애를 다룬 영화 「킹 리차드」가 눈에 들어왔던 것. 아내도 흥미로워 보였는지 옆에서 함께 봤다(아이들을 키우다 보니 어찌저찌 이런 날이 오긴 온다. 극장판 「헬로카봇」 「짱구는 못 말려」가 아니라 윌 스미스가 나오는 영화를 부부 둘이 함께 보는 날이 올 줄이야).

영화를 보며 비너스와 세레나 두 딸을 모두 세계적인 선수로 키워낸 아버지 리처드의 모습을 좇았다. '그래! 역시 아이들의 미래는 운동선수가 최고인가?' 생각하며 혼자 감격한 것도 잠시. 그다음 날이 되어서는 바로 까맣게 잊어버렸다. 하지만 행동주의자 아내는 달랐다. 곧바로 테니스 연습장을 등록했다. 그리고 곧이어 아이와 함께 연습장에 다니기 시작했다(나중에 만약 아이가 테니스를 곧잘 할 수 있게 된다면 그것은 오롯이 엄마의 결단력 덕일 것이다).

틈틈이 테니스를 배우던 아내가 며칠 전 갑자기 경기를 보러 가고 싶다고 말을 꺼냈다. 그러고는 한마디를 덧붙였다.

"애들이랑 같이 가긴 힘들겠…지?"

물론 힘들겠지. 테니스 경기는 주말 잠실 올림픽공원에서 열릴 예정이었다. 테니스 인기가 높은 요즘이니 인파도 많을 터였다. 어떤 의도로 던지는 질문인지 알기에 아내가 기대하던 대답을 들려주기로 했다.

"내가 애들이랑 있을 테니 다녀와."

"오호? 웬일이래?"

그렇게 아내는 테니스 경기를 보러 가기로 했다. 같은 시간 나와 아이들은 어린이 뮤지컬을 보러 가기로 했다.

약속한 일요일 오후를 맞았다. 사실 아이들도 주말에는 집에 있고 싶어한다. 편히 쉬면서 한 주간 학교와 유치원에서 쌓인 피로를 없애고 싶은 것이다. 그런 아이들에게 전에 동화책으로 봤던 『장수탕 선녀님』을 뮤지컬로 보면 얼마나 재미있을지, 이 기회가 얼마나 흔치 않은 기회인지를 설파해야 했다. 무사히 아이들을 차에 태웠다. 잠실 부근 올림픽공원 앞에 아내를 내려주고 서울숲으로 향했다. 홀연히 내리는 엄마를 보고 아이가 물었다.

"아빠, 근데 엄마는 어디 가?"

"엄마는 다른 급한 일이 있어. 오후에는 아빠랑 같이 노는 거야! 진짜 재미있겠지?"

"…"

아빠와 오후 한나절을 보내야 한다는 사실을 깨닫고는 충격을 받았는지 아이들은 잠시 차 안에서 말을 잃었다. 그래도 마음씨 좋은 아이들은 그럭저럭 아빠를 잘 따라주었다. 서울숲은 정말 오랜만이었다. 같이 간식도 먹고, 자기들 좋아하는 빵도 샀다. 햇볕은 따뜻했고, 바람도 선선하니 좋았다. 공원을 거닐다 멋지게 인라인스케이트를 타고 질주하는 언니와 형 들을 보며 때아닌 승부욕(?)을 불태우기도 했다. 말 그대로 평화로운 주말 오후였다.

공원 산책을 마치고 뮤지컬을 보러 들어가기 전, 넌지시 둘째에게 물었다.

"은아, 화장실 가야지?"

"아니, 나 안 마려운데. 진짜 하나도 안 마려워."

훗. 그런다고 경험 없던 예전처럼 섣불리 당하지 않는다. 이래 봬도 10년 차 아빤데 돌발상황 가능성을 모를까. 괜찮다는 아이를 살살 꾀어 가족 화장실에 데리고 갔다. 그렇게 모든 준비를 마치고 극장 안으로 들어갔다. 아이들은 편안하고 끊김(!) 없이 뮤지컬을 관람했고, 환한 얼굴로 공연장에서 나왔다. 아빠가 추천한 거라 별로일 줄 알았는데 진짜 재미있었다고 입 모아 이야기하며.

나중에 따로 집에 들어온 아내의 얼굴도 환했다. 실제 선수들 경기하는 모습을 눈앞에서 보니 진짜 대단해 보였다는 이야기를 거듭했다. 코로나 시기를 거치며 잠시 사그라졌던 테니스에 대한 열정이 몸속에서 온전히 다시 지펴진 듯 보였다. 아이들은 욕실 문 옆에 '장수탕' 표지판을 떡하니 붙여놓았다. 스스로 썩 괜찮은 시간이었다고 자평했다. 평소에 다 같이 있을 때에는 엄마에게 일차적으로 집중되던 아이들의 관심을 독차지(?)할 수 있었으니까. 그렇게 아내는 아내대로, 나와 아이들은 우리대로 모두 각자 따로 행복하게, 주말 오후를 보냈다.

두 아이를 함께 키워가며 투덕댈 때가 사실 적지 않다. 본의는 아니지만 이런저런 일로 서로의 마음에 생채기를 낼 때도 적잖다. 하지만 육아라는 공동 과제 앞에서 수많은 시행착오를 겪으며 이제는 어렴풋이나마 알아간다. 그의 행복이 나의 행복이고, 나의 행복이 곧 그의 행복이라는 것을.

육아를 하는 동안은 아이들이 우선이라지만, 그렇다고 늘 아이들이 우선이어서는 행복한 가족이 될 수 없다. 그게 지나온 10여 년을 돌아보고 내린 나만의 결론이다. 내가 바라는 것이 무엇인지 잘 살피고 자기 마음이 지금 어떤지 보듬을 줄 알아야 한다. 스스로 충만해져야 아이들에게도 좋은 부모가 될 수 있다. 인생의 파트너로서, 육아 동지로서 나나 아내가 잠시 자신에게 집중할 시간이 필요할 때에는 서로가 흔쾌히 그 영역을 보장해줄 수 있어야 한다고 믿는다. 반드시 긴 시간이 필요한 게 아닐 수도 있다. 아주 찰나의 시간, 끝없는 육아로부터 잠시 숨 돌릴 한나절, 단 며칠이나마 확보할 수 있다면 그것으로도 충분하다.

시애틀에서 만난 한 인생 선배님은, 육아를 '실로 끝이 없는 세계'라 정의 내리셨다. 어느 정도 아이들이 크면 육아가 끝날 줄 알았는데, 학령기가 되고 입시를 치르고 대학에 가도 그에 맞춰 계속 새로운 도전이 끊임없이 생기더란다. 그래서 아이가 어릴 때도 안 썼던 육아 일기를 대학에 보내면서 쓰기 시작하셨다고.

망치로 세게 머리를 한 대 맞은 느낌이었다. 어쩌면 당연한 이야기다. 부모에게 자식이란 평생 떼놓을 수 없는 존재이니까. 자신이 이미 지나온 인생의 힘겨운 순간들을 한 계단 한 계단 뒤따라 밟는 자식들을 보면 이래저래 마음이 아릴 수밖에 없다. 마치 우리 부모들이 그랬던 것처럼. 그렇게 보면 육아란 죽을 때까지 계속되는, 삶의 또 다른 표현이라고 볼 수도 있겠다.

육아가 끝이 없는 여정이라면, 아이를 키우는 육아인 동시에 우리 자신도 함께 돌보는 육아이기도 해야 하지 않을까. 나와 아내 그리고 아이들이 모두 함께 오래 행복하기 위해, 가끔은 각자에게 필요한 시간을 기꺼이 내어줄 수 있는, 그렇게 서로 응원하고 배려하는 '지속 가능한' 육아 라이프가 이어지기를 꿈꿔본다.

부모가
노키즈존을
만났을 때

●●●●●

●
'

우리에게 지금 필요한 건
옳고 그름이 아니라
따뜻함과 친절함

화요일 오전 출근길, 카톡 먹통 사태로 주말 동안 잠잠했던 아빠들 단톡방이 활성화됐다. 시작은 사소한 이야기들이었다. 평소 같으면 금방 잠잠해졌을 대화가 이날은 좀 달랐다. 열띤 대화가 퇴근 시간까지 이어졌다. 원동력은 부산에서 육아 중인 송이 아빠가 던진 한마디였다.

"어제 경주 노키즈존 카페에 다녀왔습니다. 공간 잠깐 둘러보는 건 괜찮다 그래서 둘러보고 야외에서 마시고 있는데 다시 종업원이 오더니 'NO KIDS' 존이라고 해서 나왔어요."

그러면서 보내온 한 장의 사진이 아빠들을 분노케 했다. '카페 이용객 외 출입불가'라고 적힌 입간판 아래 'NO KIDS'라는 문구와 아이를 상징하는 픽토그램에 금지 표시를 한 그림이 선명하게 보였다.

"와 저건 좀 심한데요?"

"해외에도 저런 사례가 있나요?"

"노키즈존 특집 한번 갈까요?"

"킹키즈존 만듭시다."

다들 쌓여왔던 게 많았던 걸까. 아니면 적나라한 아이 금지 표시에 분노한 걸까? 판도라의 상자가 열렸다는 게 이런 거구나 싶었다. 나도 평소에 수집해오던 노키즈 관련 문구들을 보내며 한마디 거들었다.

"노키즈 정말 문제죠. 평소에 싫은 게 많은 카페 주인인가 봐요."

같은 날 오후 4시, 오랜만에 재개되는 건축답사 프로그램 예매를 위해 아내에게 카톡을 보냈다. 한 사람당 한 장의 티켓만 예약할 수 있는 무료 프로그램인데 두 번의 주말에 평소 눈여겨보던 좋은 공간들이 몰려 있어 한두 곳 정도는 아이를 데리고 보러 가도 좋겠다는 계산이었다.

"내일 2시 예약인데 여보도 같이할 수 있으면 좋을 듯! 주말에 이현이랑 가자."

"좋아 좋아. 내일 알람 맞춰놓을게. 아이 동반도 되는 건가?"

"응, 예전에 데리고 오는 가족들 봤어. 단독주택이었는데 같이 있는 게 좋아 보이더라."

아내는 내 말이 끝나기가 무섭게 공지문 하나를 캡처해 보내주며 우는 이모티콘을 같이 썼다. 여전히 조심스러운 코로나19로 인해 모든 프로그램을 유아 동반 불가능으로 결정했다는 SNS 공지문이었다. 캡처된 글을 보자마자 느낀 감정을 만약 카톡에 남겼다면 다음과 같았을 것이다.

'말도 안 돼. 코로나가 잠잠해져서 다시 여는 건데 유아만 불가능이라니! 일부 집은 그럴 수 있어도 전체는 좀 아니지. 실내뿐만 아니라 야외에서 진행하는 프로그램도 있는데 거긴 밀집도도 낮잖아. 전체를 막는 것도 그런데 코로나와 안전을 이유로 말하니 더 이해가 안 가. 어린이도 마스크 쓸 수 있고, 우리 집에서 제일 빨리 완치된 것도 아이였다고!! 아이를 누군가에게 맡기기 힘든 부모들은 어떡하라고!!!'

동시에 깨달았다. 내가 화가 많은 사람이었음을, 그리고 부모가 '진상' 고객이 되는 건 한순간임을. 불과 몇 시간 전에 있었던 송이 아빠 사건에 대한 내 메시지는 반쪽짜리 공감이었고, 사진으로 접한 노키즈존은 그저 머리를 잠시 스쳐 간 이미지였다는 것도 뒤늦게 느꼈다.

현장에서 직접 겪은 아이 출입 금지 조치에 비하면 온라인에서 마주한 아이 참여 제한 안내가 주는 충격은 작을 수 있다. 하지만 아이를 동반한다는 이유만으로 배제당하는 경험은 같았고, 이내 '열받네'라는 말로는 설명이 안 되는('킹받네'라는 표현이 적확해 보인다) 억울하고 복잡한 감정이 내 안에서 들불처럼 일어났다.

규칙이 아닌 차별, 배려가 아닌 배제, 우리나라 아동 인권의 현실, 보호가 아닌 혐오 등등 검색창에 노키즈존을 치면 이미 수많은 언론과 블로그가 논리 정연한 문장과 묵직한 단어들로 노키즈존의 부당함을 지적하고 있다. 문제를 분석하고 논리를 만드는 일이 직업이라 그런지 새로운 근거와 해결책을 접할 때마다 머리가 개운해지는 느낌도 들었지만, 이상하게 찝찝한 마음은 가시지 않았다. 며칠이 지나도 공지 글에 적힌 '불가능'이란 말이 '어떤 말은 죽지 않는다'는 박준 시인의 글 제목처럼 죽지 않고 내 머리와 마음속을 떠돌아다녔다.

노키즈란 단어를 반복적으로 검색하다 보니 이제는 구글이 알아서 관련 기사를 추천해주는 지경에 이르렀다. 그중 케어키즈존이 생겨나고 있다는 기사가 눈에 띄었다. 아이란 존재를 부정하는 대신, 아이로 인해 문제가 발생하면 그에 상응하는 만큼 부모에게 배상책임을 묻겠다는 것이었다. 얼핏 취지만 보자면 노키즈에 비해 한 단계 나아진 제도처럼 보이지만, 실상을 따져보면 그렇지도 않다는 생각이 들었다. 카페를 이용하다 보면 어른들도 다양한 문제를 일으킬 수 있는데 유난히 아이들만 문제를 일으키는 주범으로 가정하고 있는 것이다. 한편으로는 노키즈존보다 더 합리적으로 포장된 차별처럼 보였다.

지식만 늘고 생각과 마음은 정리되지 않은 어느 출근길, 라디오에서 익숙한 멜로디의 노래가 흘러나왔다. 대학생 때 자주 듣던 레드 핫 칠리 페퍼스의 「Scar Tissue」('흉터' '상처가 있던 자국'으로 번역할 수 있겠다)였다. 이상했다. 어떤 글을 읽어도 가라앉지 않던 분노의 감정이 노래를 들을수록 차분해졌다. 상처가 아무는 노래를 주제로 선별된 두세 곡의 노래가 더 흘러나왔을 때도 같은 기분이었던 걸 보면 단지 그 노래를 예전부터 좋아해서가 아니었다. 객관적 앎이 위로해주지 못했던 마음속 어떤 구석에 대해 음악이 '그거 상처 자국이야, 잘못 건드리면 아파'라고 이야기해주는 것 같았다.

아이를 갖고 난 후 이전과는 다른 삶을 살게 되면서 남모를 상처가 많이 생긴 거 같다. 겉으로는 깨끗해 보이는 자동차도 자세히 보면 잔 흠집이 많이 나 있듯이, 내 마음도 처음 겪는 육아라는 환경에 적응하는 동안 알게 모르게 상처가 났고, 어떤 상처는 쌓여서 큰 흉터로 남았다.

가장 많이 쌓인 건 소외감이다. 퇴근 후 자유롭게 여가 시간을 보내는 직장동료들을 보며, 주말에 좋은 공간에 다녀오거나 해외여행을 다녀오는 친구들의 인스타그램 스토리를 보며, 그들이 날 멀리한 것도 아닌데 나도 모르게 따돌림받는 기분을 느끼고는 한다. 실상은 욕심이 삶을 앞서 나가는 건데 괜히 아이를 가지지 않은 사람들이 연대한 것처럼 생각하고, 그로 인해 더 큰 소외감을 스스로 생산하고는 한다.

이번에 겪은 사건도 같은 문제였다. 아이를 갖기 전에는 아무 문제없이 참여했던 프로그램에서 내가 부모가 되었다는 이유로 더는 환영받지 못한다는 느낌을 받은 게 문제의 본질이었다. 지금까지 봤던 것 중에 가장 완곡하고 혐오감 없는 노키즈 표현이었음에도, 그 느낌만큼은 가장 완벽한 소외이자 불의였다.

한편으로는, 그런 경직된 내 마음에 균열을 일으킨 게 설명도 설득도 아닌 위로였던 걸 떠올렸을 때 수년간 풀리지 않고 있는 노키즈존에 대한 사회적 갈등도 차별, 혐오 같은 객관적 정의보다, 당사자들이 겪은 주관적 상처와 불편함에 대한 공감에 실마리가 있지 않을까 생각해본다. 노키즈존의 시작이 처음부터 아동 혐오가 아닌 진상 부모에게 부당한 손해를 입은 점주의 상처와 그로 인한 자구책에서 비롯되었던 걸 보면, 우리에게 지금 필요한 건 옳고 그름이 아니라 따뜻함과 친절함일지도 모른다.

아이든 어른이든 원한다면 어떻게든 방법을 찾고, 원하지 않으면 계속해서 핑계를 찾는 법이다. 일각에서는 노키즈존에 대해 자연스러운 해결책보다는 법적인 규제를 이야기한다(나도 한때는 '노키즈존'이란 귀여운 표현을 못 쓰게 하고 반드시 '어린이 출입 금지'라고 적는 규정을 생각했었다). 하지만 사회 전체가 점점 아이를 원하지 않고 아이를 두려워하는 저출생 국가에서 카페 사장님들에게만 호의와 용기를 강요하는 건 모순 아닐까. 노키즈존을 법으로 무조건 금지해도 사람들이 아이와 부모라는 존재에 불편함을 계속 느낀다면 가게 주인들은 어떻게든 아이 손님을 받지 않을 구실을 찾을 거다.

노키즈존을 과거 흑인 출입 금지처럼 현재가 아닌 오래된 역사로 만들려면 궁극적으로 노키즈를 안 해도 먹고사는 데 문제가 없고, 아이들의 권리와 어른들의 의식 수준이 균등하게 높아지는 수밖에 없다. 그러기 위해서는 점주의 보상책임을 완화하는 법과 제도적 정비는 물론 지금보다 훨씬 더 기분 좋은 육아환경과 문화가 조성되어야 한다. 나아가 자연스레 더 많은 사람이 아이를 원하는 시대가 찾아와야 할 것이다(쓰다 보니 저출생을 해결하는 것보다 모든 부모가 부유해져서 모든 가게가 원하는 핵심 소비층이 되는 게 더 빠를 수도 있겠다는 생각이 든다).

노키즈존을 원하는 점주와 아이를 가진 가족이 서로에게 분노를 표현하고 혐오를 표출하는 사회가 아닌 오은영 선생님처럼 '그럴 수 있다'라고, 다만 '그게 이런 문제가 있다'라고 차분히 이야기할 수 있는 사회가 되었으면 좋겠다. 누군가 가진 상처가 아물어야 언젠가 그 사람도 다른 사람의 상처를 보듬어줄 수 있을 테니. 그래야 사회 전체가 상처 없이 육아할 수 있는 환경이 될 테니 말이다.

끝으로 노키즈존을 운영하고 있는 분들에게도 물어보고 싶다. 흡연도 노 스모커 존이 아닌 노 스모킹 존이라고 쓴다. 흡연자 자체를 출입 금지하는 것이 아니라 흡연 행위 자체를 막을 뿐이다. 만약 아이들의 말썽이 문제라면 노키즈가 아니라 노 트러블 존이 더 어울리지는 않는지, 요즘 아이들은 영어를 어린이집에서부터 배우는데 후환이 두렵지는 않은지, 만약 그 뜻을 알게 된 아이들이 성인이 되어서 노인들이 말썽이라며 노 시니어 존을 만들어도 차별이 아니라 권리라 이야기할 수 있을지 말이다.

그래도 괜찮다면 어쩔 수 없다. 아이에게 선의의 거짓말을 하는 수밖에. 노키즈의 키즈가 어린이를 뜻하는 단어가 아닌 또 다른 의미를 가진 단어일 뿐이라고. 노브랜드가 하나의 브랜드인 것처럼 노키즈도 하나의 브랜드 이름일 뿐이라고. 이를테면 노키즈존이란 부모들의 편의를 위한 아이 좌석과 아이 메뉴가 없다는 걸 알려주는 협동조합 같은 곳이니 그 브랜드를 보면 그냥 믿고 거르면 된다고.

아이들은
계절만큼 큰다

박정우

다시 이 옷들을 꺼낼 때,
아이들은 지나간 계절만큼
성장해 있을 것이다

결혼 준비가 한창일 때였다. 예복을 맞추러 갔다. 재단사는 노련하게 얇은 노란색 줄자를 여기저기 대면서 치수를 쟀다. 허리둘레를 잴 때에는 웬일인지 반 주먹 정도 여유를 두고 치수를 기록했다. 핀으로 가봉을 잡은 바지를 입으니 역시나 허리춤이 헐렁했다. '아무래도 이래 가지고는 좀 크겠는데요' 하는 눈빛으로 재단사를 바라보았다. 그는 예상했다는 듯 말했다. 눈도 마주치지 않고 무성의하게.

"결혼하면 살 빠질 거 같죠? 안 빠져요."

결혼이라는 걸 두세 번 해본 것도 아니고, 처음 하는 입장에서 그렇게 확신에 찬 그의 말은 고개를 갸우뚱하게 만들었다. 하지만 과연 결혼하고 얼마 지나지 않아 그 넉넉했던 예복 바지는 재단사의 말대로 단추를 채우면 금세 호흡곤란이 올 지경이 되어버렸다. 결국 얼마 가지 않아 엉덩이 부분이 해져 못 입게 되고 말았다.

계절이 바뀌면 미루고 미루다 도저히 어쩔 도리가 없을 때에서야 아이들의 옷장을 정리한다. 반팔, 반바지 그리고 얇은 옷들은 옷장 깊숙이 들어가고 어둠 속에 있던 두꺼운 옷들을 앞으로 꺼낸다. 다행히 첫째와 둘째는 덩치가 비슷해 정리할 옷이 많지 않다. 막내마저 못 입을 정도로 작아진 옷들은 따로 모아둔다. 예전 같으면 버리기 아까워 여기저기 아이 키우는 집을 수소문해 옷을 나눴겠지만, 큰형, 작은형, 막내까지 세 아이의 몸을 거친 옷들은 누구한테 주기에 민망할 정도로 낡아버리고 만다. 집이 좁아 다 보관할 수도 없는 노릇. 결국 몇 장만 고르고 골라 기념(?)으로 빼두고 나머지는 눈 질끈 감고 의류수거함에 넣는다. 만감이 교차한다. 작아진 옷을 보면 그 작은 옷을 입고 있었던 그 계절의 아이들 얼굴이 떠오르기 때문이다.

어쩌다 보니 아이 옷은 대부분 해외 직구로 산다. 국산만큼 예쁘고 튼튼한 옷이 없지만 제아무리 국산이라도 아이 셋을 거치게 되면 금방 무릎에 구멍이 나고 목은 늘어나고 만다. 하루가 다르게 크는 아이들에게 '좋은 옷을 사서 오래 입는' 어른들의 잣대는 적용하기 어렵다. 그래서 해외 아동복 사이트에서 세일할 때를 기다린다. 학교 다닐 때 친구 중 유독 해외 브랜드 옷이 몇 벌씩 있는 친구들은 알고 보면 미국 사는 고모가 해마다 박스째로 옷을 보내준다고 하더라. 나도 그렇고 우리 아이들도 그렇고 안타깝게도 미국 사는 고모는 없다. 내가 직접 고르고 주문해서 박스째 받는다. 우리나라에서 티셔츠 한 장 살 돈으로 두세 장을 살 수 있다.

해외 직구를 한다고 고급 브랜드 옷을 사는 건 아니다. 면세 한도(자가사용물품 면세기준은 미화 150달러 이하, 미국은 200달러 이하다)가 적은 까닭도 있지만 아이들 크는 속도를 따라가려면 부지런히 아이들의 껍데기를 갈아줘야 하기 때문이다. 큰마음 먹고 산 좋은 옷들은 몇 번 입히지도 못한 채 어느새 아이 몸에 작아지기도 하고, 형들과 동생의 중간 사이즈 옷들은 옷장 정리 때 뒤늦게 발견되어 몇 번 입히지 못할 때도 있다.

언젠가 아이들 옷을 계절마다 정리하는 일의 번거로움에 대해 토로한 적이 있다. 그 말을 들은 학교 선배이자 육아 선배는 별게 고민이라는 듯 "계절 금방 가, 그냥 둬"라고 말을 툭 던졌다. 방금 그 말이 만약 조언이라면 꽤 무성의한 조언이라고 생각했다. 심지어 어느 정도 확신에 차 있는 무성의한 조언이라니, 예복을 맞추던 때의 재단사가 떠올랐다.

그런데 듣고 보니 그렇다. 왜 그렇게 생각하지 못했지? 문제가 생각했던 것만큼 복잡하지 않을 때도 있다. 어떤 새로운 문제를 겪든 간에 앞서 똑같은 문제를 이미 경험한 사람들이 있다. 얼마나 다행인가. 아무도 이해할 수 없을 거라고 생각할 때 이렇게 쉽게 조언을 받을 수 있는데.

지금 사는 집은 아이 셋과 살기에 좁다. 계절마다 옷장을 정리해줘야 하지만, 조금 넉넉한 집으로 이사를 가거나 잘 입는 옷 몇 벌만 남겨둔다면 굳이 이렇게 부지런 떨 일이 없을 터였다. 애매한 크기의 옷들을 두고 한참 고민하다 다음 계절에 한 번이라도 더 입힐 수 있기를 바라며 다시 옷장 깊숙한 곳으로 밀어 넣는다. 다시 이 옷들을 꺼낼 때, 아이들은 지나간 계절만큼 성장해 있을 것이다.

내가
외박을 하는 이유

강
혁
진

아이와 오래 함께하려면
부모도 건강히, 오래 사는 수밖에 없다

금요일 밤 10시. 보통이라면 집에 도착해 있을 시간. 이날은 퇴근하고 차를 몰아 서초동의 한 건물로 향했다. 이서가 태어난 뒤 나 혼자 외박은 처음이다. 스무 살부터 서울에 살았지만 이 동네에서 밤잠을 청하는 것도 처음이다. 낯선 곳에서 금방 잠들 수 있을지 고민됐지만 어쩔 수 없다. 가족을 위해 오늘 하루만큼은 꼭 자야 한다.

지하 주차장에 차를 댔다. 짐을 챙겨 들고 엘리베이터로 향했다. 늦은 밤의 상가 건물은 인적이 드물었다. 엘리베이터를 타고 2층에 도착. 오른쪽으로 몸을 틀어 몇 발짝 걷자 목적지 앞이다. 도착한 곳은 불 꺼진 한 이비인후과. 이제 곧 수면다원검사(수면 중 발생하는 여러 가지 비정상적 상태를 진단하려고 기구를 이용해 수면 중 상태를 기록, 분석하는 검사)를 받는다.

이서를 시작으로 온 가족이 코감기에 걸린 적이 있다. 며칠이 지나도 통 낫질 않아 나도 병원에 들렀다. 약을 처방받고 병원 문을 막 나서는데, 그 옆에 있는 광고 배너에 눈이 갔다. 배너에는 얼굴과 가슴에 온갖 줄이 연결된 기기를 착용한 채 환하게 웃고 있는 외국인의 사진이 있었다. 수면다원검사를 안내하는 홍보물이었다. 평소 같으면 그냥 지나쳤을지도 모르겠다. 아니 마흔 전이었다면, 아이가 없었다면 분명 지나쳤을 거다. 그런데 이번에는 조금 달랐다. 홍보물에는 검사를 받으면 양압기(코골이, 수면무호흡증 치료를 위해 잠잘 때 사용하는 의료기기)를 처방받을 수 있다고 적혀 있었다.

우리 가족은 모두 따로 잔다. 육아휴직을 마친 아내가 복직한 뒤부터다. 나보다 두 시간쯤 먼저 일어나 출근해야 하는 아내는 알람 때문에 나와 이서가 깨지 않도록 작은방에서 자기 시작했다. 나는 안방 침대에서 자고 이서는 그 옆에 설치해둔 범퍼 침대에서 잔다. 몇 달이 지나 이서가 걷기 시작하면서 나는 거실에서 자기 시작했다. 이서가 아침마다 일어나 나를 깨우기 시작했기 때문이다. 그저 일찍 일어나서 날 깨운 거라면 굳이 따로 잘 이유가 없지만 '혹시 코 고는 소리 때문에 이서가 일찍 일어난 거면 어쩌지?' 하고 걱정이 됐다.

병원 로비에 들어섰다. 여전히 어둡다.

"계세요?"

아무도 없나… 하던 찰나 안쪽에서 목소리가 들렸다.

"잠시만요."

알고 보니 의사나 간호사가 아니라, 밤새 검사를 진행해주는 야간 수면 기사가 따로 있었다. 이날 밤은 검사를 받으러 온 사람이 한 명 더 있었다.

"이분 먼저 해드리고 안내해드릴게요."

검사를 받으며 잠을 자게 될 방에는 갈아입을 옷과 생수 한 병이 침대 위에 놓여 있었다. 수면다원검사는 잠을 자는 동안 진행된다. 수면 중 발생하는 코골이나 수면무호흡 증상 여부를 포함해 다양한 질환의 원인을 측정한다. 그러기 위해서는 머리와 얼굴 그리고 가슴에 여러 개의 센서를 부착해야 한다. 수면 기사가 내 몸 여기저기에 센서를 부착하는 동안 우리는 이런저런 이야기를 나눴다.

그는 수면다원검사를 많이 받는 유형으로 두 가지를 꼽았다. 첫째는 결혼한 직후의 신혼부부들. 혼자 살거나 본인 방에서 따로 자는 경우야 문제가 없지만 결혼하고 나서는 배우자와 함께 잔다. 배우자가 코골이나 수면무호흡을 발견하고 검사를 권유해서 받는 경우가 많다고 했다. 또 다른 유형은 자녀 때문에 검사받는 부모들이다. 단순히 코골이가 시끄러운 걸 떠나, 무호흡증은 건강에도 중대한 영향을 미치기 때문이다. 아이를 낳은 부모들이 흔히 '오래 살아야 한다'는 생각으로 검사를 받는다고 했다.

어느 중년 남성의 조금 슬픈 사연도 들을 수 있었다. 해외 유학 중인 자녀의 방학 기간에 맞춰 찾아가려 했더니 "아빠는 코골이가 심하잖아. 내가 사는 곳이 원룸이라 함께 자기 힘들 것 같아. 엄마만 와"라고 했단다. 그 남성은 수면다원검사를 받고 양압기 처방을 받아 꼭 아이를 보러 가겠다고 한다.

나는 두 가지 경우에 모두 해당된다. 그중 후자 쪽이 조금 더 크다. 이서는 이제 말을 알아듣고 자아도 생기고 있다. 더 많은 교감이 가능해졌다. 자식은 어린 시절에 평생 할 효도를 다한다는 이야기를 꽤나 들었다. 그 의미를 뼈저리게 이해하고 있기에, 이 시기를 놓치고 싶지 않다. 앞으로 이서가 커나가면서 우리 가족에게 얼마나 더 큰 행복이 찾아올지 떠올려보면 '건강히 오래 살아야 한다'는 생각이 절로 든다.

며칠 뒤 검사 결과가 나왔다. 꽤 심한 수면무호흡증과 코골이 진단을 받았다. 검사지를 보여주던 의사는 양압기를 사용하면 코골이나 수면무호흡 증세가 많이 완화될 것이라고 했다. 물론 더 좋은 효과를 보려면 체중 감량이 필수라는 말도 덧붙였다. 병원을 나섰다. 건강에 대한 걱정과 이서에게 미안한 마음이 동시에 들었다.

다시 한번 수면검사를 받았다. 내가 쓸 양압기의 압력을 세팅하기 위해서였다. 검사를 모두 마친 뒤 양압기를 들고 집으로 돌아왔다. 양압기를 착용한 채 잠드는 게 여간 불편한 일이 아니라고 하던데 나도 비슷했다. 자기 전에 착용했던 양압기는 자고 일어나면 나도 모르게 벗겨져 있기 일쑤다. 하지만 어쩌겠는가. 조용하고 건강한 수면을 위해 참아야 한다. 체중 감량도 해야겠지. 더 중요한 건, 양압기 없이도 편안하고 조용하게 잠드는 거니까. 살면서 몇 번의 다이어트를 해봤지만 여간 힘든 일이 아니다. 힘들겠지만 또 어쩌겠나. 아이와 오래 함께하려면 부모도 건강히, 오래 사는 수밖에 없다.

18개월 아기와
부산에서
한 달 살기

그동안 공기처럼 당연히 여기거나
보이지 않아 잠시 잊고 있던
공동체의 가치를 재발견했다
아이는 홀로 키울 수 없다

새벽마다 나는 '닌자'로 변했다. 부산에서 송이와 단둘이 한 달 살기를 결심할 때만 해도 저녁이 있는 삶을 상상했다. 송이를 재우고 매일 글을 쓰거나 책을 읽으며 혼자만의 여유를 즐기는 저녁이 있는 삶. 현실은 그렇지 않았다. 뒤꿈치로 쿵쿵 걷던 내가 이렇게 사뿐사뿐 다닌 적이 있던가.

숙소 이야기부터 해야겠다. 2022년 5월, 부산에서 2박 3일 휴가를 보내는 동안 오피스텔 한 곳과 미리 계약했다. 광안리 해수욕장이 코앞에 있는 곳이라 단기 임대 비용이 비쌀 수밖에 없었다. 시원한 바다 전망의 투룸은 원룸보다 두세 배 더 비쌌다. 투룸을 포기하는 대신 측면 발코니로 바다를 볼 수 있는 스튜디오형 원룸을 골랐다. 전용면적은 26제곱미터, 대략 7.8평의 방이었다.

송이와 원룸에서 살아보니 육퇴 후에도 혼자만의 여유를 즐기는 건 사실상 불가능했다. 송이는 노트북 타이핑 소리나 간접 조명 불빛에 깨기도 했다. 닌자처럼 살금살금 걷고 맥주를 마시기 위해 일단 화장실에 들어가 캔을 따고 다시 나오는 수밖에 없었다. 하루 세 번 설거지를 했고 최소 한 번은 세탁기를 돌리고 건조대에 빨래를 널었다.

혼자 또는 커플의 한 달 살기와 아이와 한 달 살기는 장르가 다르다. 전자가 로맨스 영화 「먹고 기도하고 사랑하라」에 가깝다면 후자는 본격 요리 프로그램 「삼시세끼」랄까. 인생 18개월 차 송이에게 바깥 음식은 간이 세서 배탈이 쉽게 날 수 있다는 사실을 깨닫는 데 며칠 걸리지 않았다. 부산에 내려온 지 일주일이 지났을 무렵 송이는 묽은 변을 자주 보기 시작했다. 근처 소아과에 들러 장염 약을 처방받았고 상태가 금방 나아지지 않아 거의 매주 소아과에 들렀다. 의사는 아이가 외식하기에는 너무 어리지 않느냐며, 삼시 세끼 해 먹이는 걸 권했다. 평소 저장해둔 부산 맛집이 가득한 지도 앱을 여는 대신, 검색 앱에서 소고기뭇국 끓이는 법, 감자 찌는 법, 고등어 굽는 법 등을 수시로 물었다.

말로만 듣던 1차 반항기(18~36개월)도 현지에서 체감했다. 이전과 다른 점은 싫다는 표현이 분명하고 설득되지 않으면 떼를 쓴다는 사실. 어쩜 그리 고개를 도리도리 저으며 "아니"라는 말을 남발하는지, 하루 최소 한두 번은 대치하는 일이 생겼다.

다행히 송이의 귀여운 반항과 배탈 증세 외에는 다른 문제가 없었다. 송이와 부산 곳곳을 매일 누볐다. 부산어린이대공원, 사상근린공원, 평화공원, 동백섬, 국립해양박물관, 부산시립미술관, 부산현대미술관, 증권박물관 부산관 등이 아이와 다니기 좋았던 곳으로 기억한다. 당일치기 여행으로 경주와 거제에 다녀온 적도 있다.

그중 송이 덕분에 배운 순간들이 떠오른다. 한번은 부산어린이대공원에서의 일이다. 부쩍 유아차를 타지 않겠다고 거부하는 송이와 오르막과 내리막길을 나란히 걷는데 지나가는 할머니께서 말씀하셨다.

"아빠가 너에게 자유를 선물했구나."

내 자유가 소중한 것처럼 너의 자유도 중요하지. 내가 놓쳤다. 그 뒤로는 송이의 의사를 더 적극적으로 묻게 됐다.

또 하나는 거의 매일 들르던 바다에서다. 송이에게 바다를 경험하게 해주고 싶어 한 달 살기를 결심했던 내가 아이러니하게도 아이가 겁 없이 바닷가로 향할 때마다 겁을 냈다. 천진난만하게 파도에 호기심을 보이며 바닷물에 발을 담그는 송이의 태도를 보며 내 유년 시절이 떠올랐다. 바다 수영을 마친 뒤 끈적끈적해진 몸 때문에 찌푸린 내게 아버지께서 이렇게 말씀하셨다.

"바닷물에 좀 젖으면 어때. 바짝 마르면 모래들도 잘 떨어진다."

그래, 옷이 젖으면 말리면 되고 세탁하면 되지. 이것저것 다 따지면 언제 바다에 들어갈까.

시시각각 변하는 바다와 하늘을 매일 볼 때, 잠드는 순간까지 파도 소리를 들을 때, 우주정거장에 있는 비행사처럼 고요하고 적막하며 고립된 기분이지만 믿고 의지할 사람이 결국 가족이라는 걸 체감할 때, 송이의 인지 능력이 부쩍 향상되면서 내게 새로운 즐거움과 기쁨을 줄 때, 서울에서 지지고 볶던 아내의 존재 자체가 너무 든든한 위안이 될 때, 잠시 서울을 떠나 부산에 오길 잘했다고 확신했다. 살면서 닌자로 변신할 일이 또 있을까. 밤마다 사뿐사뿐 다니는 동안 송이는 놀라울 정도로 쑥쑥 자랐다.

해발 3,000미터 이상의 고산지대에서 산소를 그리워하듯, 극한 환경에 처하면 평소 누리던 것의 소중함을 느낀다. 부산에서 송이와 온전히 보낸 시간은 내 육아휴직의 중요한 분기점이 될 것 같다. 가장 큰 깨달음이 있다면, 그동안 공기처럼 당연히 여기거나 보이지 않아 잠시 잊고 있던 공동체의 가치를 재발견했다는 점. 아이는 홀로 키울 수 없다.

부산에서 다양한 경로로 도움을 주거나 조건 없는 환대를 베풀어 준 분들이 있다. 송이와 다닐 만한 곳을 적극적으로 추천해준 사람들, 놀이터에서 송이를 아껴준 어느 유치원 친구들, 현지에서 한 달 내내 든든한 지원군 역할을 해준 친구 부부, 내 집처럼 편히 쓸 수 있게 배려해준 숙소 호스트, 송이가 볼 만한 그림책을 보내준 분들, 광안리 해변에서 비타민 사탕을 나눠 주던 어느 아빠까지. 그들에게는 사소한 행위일지라도 송이와 내게는 하나하나 각별한 마음으로 기억된다.

무엇보다 내 무모한 한 달 살기를 지지하며 주말마다 서울에서 내려와준 아내에게 특별히 고맙다.

건전지는
죄가 없다

심규성

;

현실은 바꿀 수 없는 배터리의
연속적인 방전이다

설거지와 분리수거를 마치고 시계를 보니 새벽 3시. 성대한 크리스마스 파티를 치르느라 녹초가 된 아내는 이미 숙면 상태고, 이현이 역시 싱크대의 요란한 물소리에도 깨지 않을 정도로 깊은 잠을 자고 있다. 평소 같으면 눕자마자 잠이 들었을 텐데 한 가지 생각이 머릿속을 떠나지 않아 핸드폰을 열었다. 혹여 아내가 깰까 불안해 화면 밝기를 최소로 낮추고 검색을 시작했다.

"AAA 충전지, 에네루프 프로, 이케아 건전지…"

다름 아닌 어제 이현이에게 선물한 기차 장난감에 들어가는 건전지를 찾는 중이다. 집에 건전지가 없는 것도, 건전지 때문에 기차놀이를 못 한 것도 아니다. 태어난 지 3년 만에 처음으로 본인 입으로 말한 크리스마스 선물을 받은 아이는 하루 종일 "칙칙폭폭"을 외치며 흐뭇해했고 아내 역시 생각보다 품질이 좋다며 만족스러워했다.

유일한 문제는 구매한 사람, 내 자격지심이다. 아이가 칙칙폭폭이 갖고 싶다고 했을 때 가장 유명한 제품을 비싸다는 이유로 못 사 아쉬운 상황이었는데, 건전지마저 급한 대로 방구석에 묵혀두었던 누런색 보급형 브랜드로 끼워 넣은 게 내내 마음에 걸렸다. 장난감 기차가 언덕 레일을 힘겹게 올라가는 걸 볼 때마다 괜히 건전지 때문인 것만 같고, 새것을 사줬는데 새것만은 아닌 것 같은 불편함이 이따금 올라왔다. 건전지는 죄가 없다는 생각이 들면서도 부속품 하나쯤은 가장 좋은 브랜드로 할 수 있지 않을까 하는 마음으로 만 원이 넘어가는 고성능 충전지들을 장바구니에 담기 시작했다.

육아를 하다 보면 생각보다 건전지를 교체할 일이 많다. 소리와 빛으로 아이를 현혹시키는 '국민템' 장난감들을 보면 하나같이 건전지로 돌아가는 전자제품이고, 책 역시 사운드북이 많아 종종 작은 십자드라이버를 들고 책 뒷면 나사를 돌려야 한다. 리모컨에 사용되는 AA, AAA 사이즈면 그나마 빠르게 교체가 가능하지만 CR, LR로 시작하는 동전형 건전지를 쓰는 경우에는 구매부터 교체까지 일주일 이상 걸릴 때도 있다.

건전지가 없으면 고물이 되어버리는 장난감들을 보면서 육아 초기에는 건전지가 참으로 구시대적이고 성가신 존재라고 생각했다. 어디서나 쉽게 살 수 있지만 이 조그만 부속품 하나를 교체하기 위해 최소로 사야만 하는 구매량과 이를 감싸고 있는 플라스틱 포장지, 폐품이 되었을 때 까다로운 뒤처리, 작은 나사로 꽁꽁 묶인 케이스를 열기 위해 필요한 공구 등 모든 것이 불필요해 보였기 때문이다.

하지만 어느 순간부터 아이 장난감에 배터리 문제가 생길 때면, 다른 일을 제쳐두고 어떤 브랜드의 건전지를 살지부터 고민하고 심지어 이 과정을 즐기고 있는 나를 발견한다. 쉽고 빠른 성취, 단순한 행복, 확실한 문제 해결 등 건전지 교체가 주는 효능감이 꽤 크게 느껴져서일까. 복잡한 내 일상과 비교해보면 이보다 명쾌한 활동이 없다.

아이 양육과 교육, 부부 관계, 건강관리, 워라밸, 주식과 부동산 등의 자산관리 등 무엇 하나 제대로 성취하지 못하고 새해를 맞이해버렸다. 아이를 재우다 먼저 잠이 들고, 새벽에 깨서 세탁기 안에 굳어 버린 빨래를 널고, 아침이 되어 그나마 마른 옷을 아이에게 입히고, 월화수목금 등원과 출퇴근을 반복했을 뿐인데 연도가 바뀌었다.

현실은 바꿀 수 없는 배터리의 연속적인 방전이다. 주말에는 육아로, 평일에는 회사 일로. 배터리 성능은 점차 저하되는데 해야 할 일은 줄지 않는다. 마음 같아서는 몸도 마음도 건전지 갈아 끼우듯이 새 걸로 바꾸고 싶은데 쉽지 않다. 아내와의 갈등이 있는 날에는 더욱 그렇다. 마음의 배터리가 방전되기 일쑤고 그나마 배터리가 남았을 때는 더 많은 해명과 변명을 하느라 애를 쓴다.

이러한 현실 때문인지 다 쓴 건전지를 새 걸로 갈아 끼울 때면 이상한 쾌감을 느낀다. 반대로 새 건전지가 없어서 다른 곳에서 이미 사용 중인 건전지를 더 급한 곳에 끼워 넣어야 할 때에는 마음 한구석이 불편해져온다. 하나는 초현실이고 하나는 극사실 같아서일까. 분리수거를 할 때 수거함에 담긴 일회용 폐건전지들의 모습을 보다 보면 가끔은 슬프기까지 하다.

새해 결심만큼 쓸모없는 일도 없겠지만 만약 하루 이틀 정도만이라도 쓸모가 있다면 올해는 조금이라도 더 보람 있게 방전되는 날을 늘리고 싶다는 생각을 한다. 안전한 영역에서만 노는 것이 아닌 아이랑 같이 새로운 경험에 과감히 뛰어들고, 때로는 오직 즐거움에 나를 바치고, 아내와 소모적인 싸움을 이어나가는 것이 아닌 빠른 항복(과 애정공세)을 하는 것이 30대 후반의 유한한 에너지를 후회 없이 사용하는 길일 것이다. 그리고 꿈까지 꿔본다면, 어떤 수단을 써서라도 몸과 마음의 배터리 용량을 늘리고 싶다.

크리스마스 새벽에 고른 새 건전지는 다음 날 집에 왔다. 나는 퇴근하자마자 장난감 기관차에 든 누런색 건전지를 새하얀 고성능 충전지로 갈아 끼웠다. 기차는 여전히 언덕배기에서 힘겨워했다. 하지만 마음은 가벼웠다. 애초에 해결되어야 할 문제는 기차의 건전지가 아니라 내 마음이었으니.

배
정
민

대치동에
꼭 가야 할까?

학부모도
용기가 필요하다

"초등학교 3학년까지는 영어 떼야 해. 그래야 수학 진도 나가지."

학부모가 되니 유치원 때와 다른 고민에 빠져든다. 아이와 손잡고 학교 문턱을 넘는 벅찬 순간을 만끽한 지 얼마 되지 않았는데, 벌써 장래를 고민할 시각이 째깍째깍 다가온다. 누군가는 옆에서 말한다.

"이미 늦었는지도 몰라, 한국에서는."

어느 날 갑자기 날아온 취학통지서를 손에 쥔 날을 아직 기억한다. 그날 아내와 나는 비록 쉽진 않겠지만 그래도 함께 잘 가르쳐보자며 파이팅을 외쳤다. 아이가 좋은 환경에서 양질의 교육을 받으며 자라길 바라는 마음은 모든 양육자가 매한가지다. 그냥 부모도 아닌 학부모가 되었으니 힘닿는 한 아이의 미래를 위한 자양분이 될 수 있는 기회를 주고 싶다. 관심 있어 하는 게 보이면 최대한 경험할 수 있도록 해주고 싶다.

그러나 양육자의 계획은 어디까지나 계획일 뿐. 삶은 예상보다 녹록지 않다. 아이가 어릴 때 무심코 차본 축구공이, 혹은 타본 스케이트가 그저 재미있어서 열심히 하게 되고, 남보다 잘하게 되면서 결국 최고의 자리에 오르는 그런 드라마 서사는 펼쳐지지 않았다.

현실에서는 아이가 무엇이든 몇 달이나마 계속하면 그저 감지덕지다. 첫째를 키우며 다시금 깨달았다. 아, 역시 드라마 같은 일은 일어나지 않는구나. 처음에야 축구도 태권도도 수영도 "나도 할 수 있어!" 하며 신이 나서 시작하지만, 아이는 곧 빛의 속도로 흥미를 잃는다. 생각해보면 세상 오만 가지에 관심이 뻗쳐 있는 아이들이 무엇 하나를 꾸준히 지속하는 건 이례적인 성장 패턴에 가까울지 모른다. 그렇게 나는 제2의 손흥민, 제2의 조성진 아빠라는 꿈을 자연스레 내려놓았다.

아이는 벌써 3학년이 되었다. 분명 학교에 몇 번 등교하지도 않았는데… 줌으로 수업 몇 번 받았을 뿐인데… 그렇게 신동이 넘쳐난다는 예체능 영역에서 숨겨진 재능을 발견할 기회는 이미 지나가버렸다. 결국 '이 아이도 공부를 해야 하는 걸까?'라는 생각이 들 즈음, 아차 싶은 마음이 더럭 든다.

공부라고 쉬울 리 없다. 주위를 둘러보니 이미 양육자와 아이가 이인삼각 전력 질주를 하고 있는 것만 같다. 입시 환경이 과거와 너무 달라진 탓에 좋은 대학에 보내려면 "초등학교 3학년까지 영어를 끝내고 수학에 '올인'해야" 한단다. 지인에게 그 말을 들었을 때 그만 정신이 아득해져 마시던 커피를 쏟을 뻔했다.

대치동에 가야 할까? 아니면 목동? 지금이라도? 무리해서라도?

초등학교 입학을 앞두고 가장 큰 문제는 아이 스케줄을 조정하는 일이었다. 유치원과 달리 초등학교는 점심 때 일과가 끝난다(그 사실을 진학 직전에 깨달았고, 당시 충격이 쉬 잊히지 않는다). 어떻게든 아이가 집에 오는 시점을 퇴근 시간 뒤로 맞춰야 했다. 일곱 살 때 다니던 태권도만 그만두지 않았더라면 그나마 나았으려나. 못내 아쉬워하며 등하교를 도와주는 동네 영어학원을 겨우 찾아 보냈다. 학교가 끝나면 학원이 알아서 버스로 아이를 데리고 가서 공부를 시키고 다시 집에 데려다주는 식이다.

지금까지는 맞벌이로 인한 오후 보육의 공백을 집 근처 학원으로 간신히 메우고 있는 수준이었다면, 이제부터는 본격적으로 아이 학습에도 신경 써야 하는 시점을 마주하고 있다. 어떻게 가르쳐야 할까. 젖먹이 때도 그랬지만, 가지 않은 길이기에 막막함이 느껴지긴 분유 물 온도 맞출 때나 지금이나 마찬가지다.

학부모가 될 용기

"수학을 잘하려면 제일 중요한 게 뭔지 아니?"

"아자! 할 수 있다! 이런 거요?"

"그건 객기고. 문제가 안 풀릴 때는 화를 내거나 포기하는 대신에, '야, 이거 문제가 참 어렵구나. 내일 다시 한번 풀어봐야겠구나' 하는 여유로운 마음, 그런 게 수학적 용기다. 그렇게 담담하니, 꿋꿋하게 하는 놈들이 결국에는 수학을 잘할 수 있는 거야."

자사고 학생들의 입시 준비를 소재로 한 영화 「이상한 나라의 수학자」에서 학성과 지우가 나누는 대화다. 고교 시절 수학에 대한 부담감이 적지 않았던지라 나도 모르게 '수포자'인 주인공 지우(김동휘 역)에게 감정 이입하며 영화를 봤다.

지우 곁에는 수학을 가르쳐주는 경비원 학성(최민식 역)이 있다. 학성은 지우에게 학교에서 학생들에게 가르쳐주지 않은 한 가지를 이야기한다. 그것은 '용기', 말하자면 문제를 해결하기 위해 필요한 마음이다. 어려운 문제에 부딪히더라도 쉽게 포기하지 않고 여유롭고 담담하게 그리고 꿋꿋하게 문제를 직시하는 능력이다.

영화를 보고 나오면서 우리에게도 필요한 건 용기라고 생각했다. 아이에게도, 그리고 내게도. 맹모삼천지교라는데, 지금 살고 있는 곳보다 더 좋은 학군으로 더 많은 학원이 있는 곳으로 삶의 터전을 옮겨야 하는 건 아닐까 고민했다. 부담은 되지만 아이의 미래를 위해 좋은 선택이라면, 혹시 나로 인해 아이가 중요한 기회를 놓치게 되면 어쩌지 하는 두려움을 안은 채.

아빠 마음이 갈대처럼 흔들리고 있음을 알았는지, 현명한 아이는 언제나처럼 가만히 텔레비전을 보다 무심하게 한마디 툭 던진다.

"아빠, 내일 나 혼자 학교 갈래."

"정말? 괜찮겠어?"

"응. 혼자 갈 수 있어. 이제 나도 3학년이니까."

아이는 잘 자라고 있다. 영어도 수학도 '좋은 대학에 가기 위한 레벨'에는 미치지 못하는 것 같지만 그래도 하나씩 스스로 해나가는 법을 배우고 있다.

양육자가 떠나기 전 남겨줄 수 있는 가장 좋은 유산이 교육이라면, 그 교육의 성취가 반드시 '좋은 학교'로만 연결될 필요는 없다. 아이 인생은 아이의 것. 그가 나중에 무엇을 꿋꿋이 해나가며 자신의 삶을 꾸려갈지 아직은 예상하기 어렵다. 어쩌면 축구, 태권도, 수영도 잠시 쉬며 숨을 고르고 있는 시기일 수도 있다.

대신 아이가 성인이 되기 전까지 문제를 해결하기 위한 용기, 두려움에 굴하지 않고 꾸준히 두드리고자 하는 꿋꿋하고 담담한 마음가짐을 꼭 배웠으면 한다. 장차 더 어려운 문제가 눈앞에 닥치더라도 삶을 스스로 지탱하기 위해 꼭 필요한 능력이다. 그럼 양육자로서 난 무얼 해야 할까. 이 아이의 마음속에 자신만의 용기가 조금씩 자라나려면 무엇이 정말 필요한지 찾아봐야겠다. 그것 또한 나름의 용기가 필요한 일이다.

아이는 오늘 처음, 혼자서 학교에 갔다. 내 손을 잡지 않은 채, 자기 혼자서. 뚜벅뚜벅.

그래, 나도 더 용기를 내야겠지. 객기 말고, 용기를.

엄마들이

말하는

응원하고
배려하는

지속 가능

육아
라이프

1   **2**   **3**   **4**   **5**

썬데이
마더스 클럽

김영혜

아직도
밀당하는 사이

편의상 육아 '프로젝트'라고 표현했지만
가족이라는 이름으로
함께 살아가는 것에 내 일, 네 일로
나눌 수 있는 것은 없다

저녁 모임을 마치고 돌아온 남편_{배정민}이 고무된 표정으로 외친다.

"아빠들만의 클럽을 하나 만들기로 했어."

나는 무슨 클럽인지 자세히 묻지도 않고 똑같이 고무된 표정으로 "어머 좋지, 너무 잘했네" 하고 지지선언을 보냈다.

한때 또래 엄마들과 합심하여 강제로 결성한 아빠들의 클럽이 하나 있었는데, 매주 일요일마다 아빠들이 아이들을 데리고 나가 활동을 하는 반강제적 '플레이데이트 클럽'이었다. 나는 그때 생각이 나서, 어쩜 이리 자발적으로 훌륭한 생각을 했을꼬 하며 반겨주었다. 그런데 실체는 내 기대를 비켜 갔다. 애들과 함께 노는 모임이 아니라 아빠들이 돌아가며 육아일기를 쓰는 모임이란다. 응? 아니 또 무슨 혼자만의 '사이드 프로젝트'를 꾸미는 거야. 솔직히 말하자면 '육아' 보다는 '일기'가 더 눈에 들어왔고 육아는 그저 포장일 뿐 결국 글쓰기 모임을 하나 만드셨군, 하며 속으로 삐딱선을 탔다. 인상이 찌푸려지며 방어적으로 새어 나간 한마디.

"글 쓴다고 시간 달라고 하기만 해봐라, 흥."

글 쓰는 남편이라니 멋지지 않은가. 맞다. 실은 나도 남편이 멋지다고 생각한다. 하지만 그 멋짐이 우리의 공동 프로젝트인 육아에 영향을 미칠 때에는 현상을 있는 그대로 볼 수 없다. 육아 시간을 잡아먹지나 않을까 나도 모르게 단전에 힘이 들어가며 방어적인 자세가 된다. 새로운 계획이 우리 삶에 들어올 때에는 육아에 소홀해지지 않도록 사전에 확실한 각오를 받는다.

남편과 나는 경쟁 관계다. 둘 다 하고 싶은 게 많은 사람들이라 한 정된 시간을 어떻게 나눠 쓸지 호시탐탐 서로의 눈치를 살핀다. 명분 이 확실한 개인 스케줄로 누가 먼저 오늘 저녁의, 이번 주말의 육아 면제권을 차지할지 끊임없이 견제하며 경쟁한다. 나는 의도적으로라 도 5 대 5의 육아 시스템을 구축하기 위해 너 한 번, 나 한 번 쿠폰제 를 도입했는데 "여보, 나 이번 화요일에 저녁 모임 좀 다녀올게"라고 하면 "마침 나도 외부 스케줄 때문에 고민이었는데, 그럼 목요일 저 녁 잘 부탁해"라고 답하며 돌아가면서 서로의 편의를 봐주는 상호 협 력 관계로 나름 발전하기도 했다.

하지만 이 역시도 시간이 지나면서 하고 싶은 일이 좀 더 많고, 좀 더 적극적으로 쿠폰을 이용하는 쪽이 생겼고, '그럼 나도' 정신으로 악착같이 커리어와 자기관리, 육아 외의 사이드 프로젝트에 힘쓰는 것도 쉽지 않다는 것을 깨달았다. 남편은 회사 일도 잘하고 싶고, 공 부도 계속하고 싶고, 사람도 많이 만나고 싶고, 사회 기여도 많이 하 고 싶어한다. 떠오르는 즉시 필요한 자료를 찾고 문을 두드리며 바로 실행에 옮긴다. 나는 이 속도와 실행력을 못 따라간다. 그래서 매번 진다. 쓰지 못한 쿠폰이 한 움큼이다. 자연스레 육아는 나의 몫이 되 고 고군분투하는 시간도 늘었다. 그렇게 쌓여가는 억울함만큼 방어 기제가 강해진 것 같다.

내가 삐딱하게 소개해서 그렇지 남편은 육아에 굉장히 책임감 있 게 적극적으로 임하고 있다. 육아 5 대 5를 위한 나의 가열찬 투쟁 덕분도 있겠지만, 육아 경력 10년 차에게는 크게 잔소리할 것이 없다. 나는 엄마로 그는 아빠로, 나름의 시행착오를 겪으며 눈치껏 잘 성장해온 것 같다. 편의상 육아 '프로젝트'라고 표현했지만 가족이라는 이름으로 함께 살아가는 것에 내 일, 네 일로 나눌 수 있는 것은 없다는 걸 우리는 자연스럽게 깨닫게 되었다. 엄마든 아빠든 시간이 되는 쪽이, 여건이 되는 사람이 먼저 움직이는 것이 당연해졌다.

사실 남편의 육아일기는 이번이 처음은 아니다. 6년 전쯤 아버님이 돌아가시고 얼마 후 남편은 책을 하나 냈는데, 겉으로는 표현하지 못한 깊은 슬픔과 상실감을 글쓰기로 치유했던 것 같다. 아버지를 그리워하는 아들이자 아들을 키우는 아버지로서, 우리 집안 3대의 추억을 담은 가슴 아련한 육아일기였다. 책을 쓰면서 남편은 멋진 아빠가 되기 위해 숱하게 고민하고 많은 계획을 세웠을 것이다.

이때부터였을까. 남편은 아이들과 함께하는 시간을 편안하게 받아들이게 된 것 같다. 기저귀 가는 게 어려워, 목욕 시키는 게 어려워, 애들 밥 챙겨주기 어려워, 자다 깨서 엄마 없다고 우는 아이 달래기 어려워, 하던 시절은 아득한 과거가 되었다. 이제는 아이들과 더 많은 시간을 보내기 위해 다양한 활동을 계획하고, 내가 함께하든 하지 않든 두려움 없이 아이들과 여행을 다녀오기도 한다. 천천히 알아서 훌륭하게 성장할 남편을 기다리지 못하고 숱하게 잔소리 폭탄을 투하했던 내가 부끄러워진다. 이 자리를 빌려 나 대신 그를 듬직한 아빠로 키워주신 아버님께 진심으로 감사드린다.

그럼에도 나는 여전히 까칠한 아내인지라 남편에게 순순히 100점을 주지는 않는다. 아들 육아에서 보이는 태도와 딸에 대한 태도는 왜 다른 것인가. 앞서 책을 쓰면서 아들과의 관계에 대한 진지한 성찰과 책임감은 엄마인 나를 훨씬 능가할 수준이 되었다. 하지만 둘째인 딸이 태어나면서 그에게는 또 다른 미지의 세계가 열린 듯 웬만하면 딸은 엄마에게 떠넘기는 분위기다. 아들과 다른 주파수는 나도 처음인데 이러기 있기, 없기? 지금껏 잘해오던 우리 남편은 어디로 갔나? 육아를 둘러싼 우리 부부의 '밀당'과 티격태격은 끝이 없다.

그런 그가 다시 육아일기를 쓰기 시작했다. 긍정적인 변화를 가까이에서 지켜본 가족으로서 남편의 새로운 시작을 지지한다. 아이들과 놀아줄 시간에 글 쓴다고 할까 봐 걱정했지만 그도 이제 눈치가 백단이다. 아이들이 일어나기 전 아침이나 잠든 후 늦은 밤 스탠드 불빛 아래서 혼자만의 작업을 즐기는 뒷모습이 훈훈하다. 가끔은 글을 쓰기 위해 아이들과 이벤트를 만드는 듯한 느낌도 있지만, 이때는 모른 척 지나가준다. 그렇게라도 일상을 풍요롭게 만들기 위해 애쓰는 과정이 있다는 게 좋으니까. 아이들과 함께하는 우리의 시간이 남편의 시선을 통해 애정 가득한 기록으로 남을 수 있다는 게 좋으니까. 나보다 훨씬 에너지가 많은 남편에게 감사와 응원의 마음으로, 파이팅!

그 짓을
또 한다고?

서
그
린

;

"타임아웃!"을
외칩니다

이제 막 20개월에 접어든 아이를 키우면서 남편과 크게 다툰 적이 없다. 남편은 육아를 제 몫이 아니고 돕는 것이라는 얄미운 태도를 보인 적도 없다. 물론, 퇴근길에 부모님 댁에서 아이를 데리고 와 집에 도착했을 때 며칠째 그대로 쌓여 있는 설거지하지 않은 젖병들과 당장 사용할 수건조차 없이 밀려 있는 빨랫감들을 보면 누구를 향하는지 모를 원망(?)과 짜증이 몰려온다.

그럴 때 나는 생각해본다. 지금 막 집으로 돌아온 아이에게 나의 기분을 전달하지 않으면서 이 문제들을 처리할 수 있는가? 그렇다 싶으면, 누군가를 향하는지 모를 원망(?)과 짜증을 고이 접어둔 채 아이와 시간을 보내며 그 일들을 내가 한다. 하지만 도저히 이 기분을 꼭꼭 접어둘 수 없다면? 남편에게 외친다.

"타임아웃!"

아이와 함께 생활하면서 우리 부부만의 새로운 룰이 생겼다. 자신의 감정 상태와 체력을 체크하고 선수 교체를 요청한다. "타임아웃!" 나 힘들어 죽겠으니 선수 교체해달라는 소리다. 그러면 우리 중 하나는 (제법 피곤한 상태이더라도) 상대방 요청을 기꺼이 받아주고, 선수 교체를 해준다. 거절은 없다. 선수 교체까지 시간이 걸릴 뿐. 선수 의사 존중이다. 페어플레이하면서 꽤 아름답게 남편과 함께 육아하고 있다고 생각한다.

그런데 '그 짓'을 또 한다고?

남편이 레터 형태로 사람들과 소통한 건 이번이 처음은 아니다. 남편은 몇 년 전 '인간 강혁진'이라는 제목으로 자신의 이야기를 매주 일요일 저녁 레터를 통해 전달했다(지금 '썬데이 파더스 클럽' 레터 발송과 같은 시간이다). 그 당시, 매주 일요일 오후부터 레터가 발송되는 저녁 9시까지 나는 가슴이 답답했다. 마감을 앞둔 당사자 못지않게 그걸 옆에서 지켜보는 나 역시 보이지 않는 마감에 늘 조마조마했다. 주말에 여행이라도 다녀오는 날이면, 마감을 지키기 위해 급하게 고속도로 휴게소에 주차를 하고 레터를 보내는 남편을 보며 일요일 오후는 이제 와 고백하건대 일주일 중 가장 좋아하지 않는 시간대였다.

그런데 남편이 그 짓을 또 한다고 했다.

어느 날 남편이 우리 아이보다 세 달 먼저 태어난 아이를 둔 지인을 만나러 간다고 했다. 육아 선배님께 많은 지도 편달을 받고 오라고 했었는데, 그날 저녁 남편이 가지고 온 이야기는 육아 노하우가 아니었다. 남편은 아빠들의 육아 레터 프로젝트를 하기로 했다고 말했다.

결혼하고 스스로 세운 결심이 있는데, 남편이 무언가를 하고자 할 때, 하고 싶다고 할 때, 그것이 무엇이 되었든 일단은 해보라고 하자는 것이었다(물론, 얼토당토않은 것들은 단칼에 자르기도 한다). 마음이 시키는 대로 따라 하는 일이 있다는 것은 너무 소중하고 행복한 일이며, 한 가정의 가장, 누군가의 남편이기 이전에 인간 강혁진으로서 살아가는 힘이 매우 중요하다고 믿기 때문이다.

그래서 남편이 결혼한 지 한 달 만에 퇴사하겠다고 했을 때 반대하지 않고 진심으로 응원했다. 그러나 이번에는 그러지 못했다. 겉으로는 "응 재밌겠네. 열심히 해봐"라고 이야기했지만, 속으로는 "타임아웃"을 외치기 직전이었음을 고백한다. 매주 마감을 지키기 위해 고군분투할 남편을 바라보며 혼자 아이까지 돌봐야 하는 일요일 오후는 아찔하게 다가왔다.

지레 겁을 먹고 "타임아웃"을 외치기 전, 다행히 이번 레터는 아빠들이 조금 더 모여 다섯 명이 번갈아가면서 글을 쓴다고 했다.

"그래, 한 달에 한 번꼴로 쓰는 거라면, 뭐."

마음에 있던 '타임아웃' 게이지가 사르르 내려왔다. 다행히 결혼 후 나의 결심을 품위 있게 지킬 수 있었다.

한 명의 구독자로서 '썬데이 파더스 클럽'을 애정하는 이유는 '담백함'과 '여백'이다. 과장되지 않은 아빠들의 육아일기는 내가 내 아이와 어떻게 소통해야 하는지, 아이와 함께 살아갈 세상은 어떤 모습이어야 하는지 그리고 다른 아이들은 어떻게 대해야 하는지를 고민하고 생각하게 한다. 교훈적이고 훈훈한 이야기가 아닌 솔직한 이야기의 여백이 오히려 많은 생각을 하게 해준다.

그중 남편의 레터는 남편의 일기장을 몰래 들춰 보는 마음으로 읽는다. 미처 다 알지 못했던 남편의 이야기와 아이에 대한 사랑의 깊이를 다시금 느끼게 된다. 동영상이나 사진으로는 미처 다 담지 못하는 그날의 온도, 분위기까지 '썬데이 파더스 클럽'을 통해 남겨주니 남편에게 고마울 따름이다.

나도 아이와 남편과의 시간을 기록해보고자 하는 마음만 먹고 있는데, 올해가 가기 전에 꼭 시작해봐야겠다.

덧붙여 '썬데이 파더스 클럽' 멤버의 배우자들에게 존경과 감사의 말씀을 전하고 싶다. 그분들의 지지와 응원이 없었다면 우리 가족 역시 이런 소중한 시간을 가질 수 없었을 테니.

조성은

달라 달라

서로 다른 두 사람이 만나 같아지는 기쁨이
연애라면 같았던 두 사람이 만나
달라지는 기쁨은 육아에서만,
특히 엄마만이 느낄 수 있는 특권 아닐까

그날도 퇴근이 늦는 남편을 기다렸다. 출산 예정일까지 열흘 남은 저녁, 밖은 어둡고 집은 적막했다. 대충 빵으로 끼니를 때웠다. 소파에 누워 텔레비전 채널을 돌려봤지만 볼 만한 프로그램이 없었다. 그러다 힐끗 시계를 보니 새벽 1시. 일찍 들어온다더니, 그 말을 믿은 내가 바보지. 한숨을 폭 내쉬고 태동으로 뻐근하게 당기는 배를 어루만지며 침대에 누웠는데 삐리릭 현관문이 열렸다. 나름 반갑게 "왔어?"로 대화를 시작한 것 같은데, 야근에 지친 사람은 심심함에 지친 사람과 대화를 나눌 수 없다는 걸 잊었다. 애써 말을 이어가던 우리는 어느새 고래고래 소리를 지르고 있었다.

싸움의 발단은 기억나지 않는다. 누가 시작했는지도 불분명하다. 분명 사소한 서운함이 쌓여 있었고, 그보다 더 사소한 말 한마디가 문제였겠지. 부부싸움에 시시비비를 가리는 일은 무의미하다. 그럼에도 우리는 과거와 현재의 모든 일을 증거로 내밀며 말싸움을 시작했고, 머리끝까지 화가 난 내가 "나 지금 39주 만삭이야!"라며 울고 나서야 전투는 종결되었다. 사과는 받았지만 마음속 뿌리 깊은 앙금이 남았다. 다 됐고, 출산 임박한 아내에게 그러면 돼, 안 돼? 내가 당신이었으면 절대 안 그래!

우리의 다툼에는 "너는 너밖에 몰라"와 "넌 나를 존중하지 않아"가 첨예하게 대립한다. 많은 것을 누리며 집안의 정서를 책임져온 'K-장녀'와 자유롭지만 알아서 잘해야만 했던 'K-차남'의 차이일까. 통제형 부모님과 방목형 부모님을 둔 차이일까. 뭐가 됐든 각자의 존재로 살아온 30년의 시간이 '다름'을 만들었다. 달라서 끌렸다는 걸 안다. 불처럼 욱하고 예민한 나는 차갑지만 단단하고 변하지 않는 그에게 안정감을 느낀다. 하지만 다르기 때문에 더 자주 소통해야 하고, 더 많은 배려가 필요하며, 이해할 수 없는 일을 이해하려 온 우주의 기운을 모아야 할 때도 있다. 결혼하고 보니 다르다는 건 매력적이기보다 피곤하다. 특히 자주 방전되는 저용량 배터리를 장착한 사람에게 다름은 에너지를 닳게 만드는 주범이자 문제의 불씨다.

둘의 숙제를 풀지 못한 채 셋이 되었다. 두 사람의 '티키타카'와 세 사람의 역동은 차원이 달랐다. 둘일 때는 갈등을 피하고 유야무야 넘어가기도 했지만, 셋일 때는 그럴 수 없다. 작은 존재를 돌봐야 하는 상황에서 부부의 성격 차이는 모든 범주에서 극단적인 형태로 생활에 침투했다. 매일 빨래를 돌리는 남편, 빨래는 모아서 하자고 하는 나. 아이를 제시간에 재우고 싶은 남편, 퇴근이 늦는 만큼 아이와 좀 더 놀고 싶은 나. 거실에 장난감을 늘어놓는 남편, 정리된 집에서 살고 싶은 나. 안 그래도 다른데 '아이'라는 대전제가 생기고 나니 싸움이 마를 날이 없었다.

출산 후 100일 무렵, 잠든 아이를 유아차에 태우고 홍제천을 걸은 적이 있다. 바람이 선선해지기 시작하는 초가을 오후, 남편이 카톡으로 링크 하나를 보냈다. 「배철수의 음악캠프」. 거기에는 연애의 어려움을 토로하는 누군가의 이야기가 있었다.

"연애란 뭘까요?"

한탄 섞인 질문에 디제이는 말했다.

"연애는 서로 다른 두 사람이 만나 같아지는 기쁨이지요."

유쾌하지만 단호한 목소리. 관계에 대한 명쾌한 정의. 무릎을 탁 쳤다. 엄마의 분위기가 변한 걸 금세 알아차린 아이가 슬며시 눈을 뜬다. 풀어 헤친 옷을 여며주었다. 동그란 눈동자, 양쪽이 붙어 있는 갈매기형 눈썹, 웃을 때 쏙 들어가는 보조개. 불과 3개월 전까지 나와 한 몸이었던 작고 사랑스러운 존재. 그 당시에는 내가 먹는 걸 아이도 먹고, 내가 움직이면 아이도 움직였다. 산모가 느끼는 슬픔은 태아에게 전달된다고 하던데, 그게 사실이라면 우린 같은 감정을 느꼈겠지. 화가 나 소리를 빽 지른 새벽, 배 속에 있던 이현이도 아빠가 미웠을까. 서로가 일심동체였던 사계절을 지나 아이는 자의 반 타의 반 탯줄을 자르고 독립을 선언했다. 병원 침대에 누워 채 태지가 벗겨지지 않은 아이를 안았고, 그때 비로소 서로가 서로를 마주했다. 두상은 남편인데, 눈이랑 코는 나를 닮았네. 같은 존재는 서로를 볼 수 없구나. 다른 존재만이 서로를 볼 수 있어. 알 수 없는 감동이 밀려왔다.

이제 키가 90센티미터, 몸무게는 11.8킬로그램에 달하는 28개월 심이현에게서 나와 다른 점을 하나씩 발견한다. 피부가 까무잡잡해지는 것, 손톱이 뭉툭하게 자라는 것, 고기보다 과일을 좋아하고 채소는 손도 안 대는 것, 말이 많은 것, 매사에 느긋한 것, 무엇보다 이제는 내가 남편과 다투고 뚱해 있어도 그건 엄마 사정이지 아빠랑 신나게 놀 수 있다는 것. 이토록 다른데, 피곤한데, 싫지 않다니. 달라서 끌리는 게 아닌 아이의 다름 자체를 사랑할 수 있다니. 이런 종류의 사랑은 상상해본 적도 없었다.

서로 다른 두 사람이 만나 같아지는 기쁨이 연애라면 같았던 두 사람이 만나 달라지는 기쁨은 육아에서만, 특히 엄마만이 느낄 수 있는 특권 아닐까. 앞으로 이현이는 나와 얼마나 더 달라질까. 서로가 서로를 이해할 수 없게 되는 날이 올까 봐, 불안이 많은 나는 자주 위축되고 움츠러들 것이다. 변화를 두려움이 아닌 기쁨으로 맞이하고 싶다면, 지금부터 마음의 근력을 키워 대용량 배터리가 되어야 한다. '이 아이는 내 배에서 나왔으나 내 것이 아닙니다'라는 선언문을 습관처럼 되새기면서.

가족에 대해 생각할 때 '사람이라는 글자가 둥글어지면 사랑'이라는 말을 떠올린다. 네모의 뾰족한 모서리가 동그랗게 마모되기까지 싸우고 화내고 울고 체념하는 고단한 마음을 상상한다. 그 시간을 생각하면 울퉁불퉁 못생긴 사랑의 동그라미를 귀하게 여길 수밖에 없다.

육아일기로 가족이 더 행복해지지는 않는다. 차라리 그 시간에 아이와 기차놀이를 하거나, 건조기에서 빨래를 꺼내 개는 일이 생활에 보탬이 된다. 하지만 글 쓰는 작업이 30여 년을 살아온 한 개인을 아빠라는 사람으로 다듬어나가는 과정이라면, 주말에 레터를 핑계로 눈치싸움을 하다가 카페에 가서 작업하겠다는 말도 기꺼이 참아줄 수 있을 것 같다. 생활에 지친 사람의 마음이 글을 통해 둥글어지면 언젠가 야근 후 지쳐 돌아온 날에도, 아내와 수다를 떨어줄 다정한 마음을 갖출 수 있겠지. 현실 세계에서 내가 네가 되고, 네가 내가 되는 판타지는 일어나지 않겠지만 적어도 일기를 쓰면서는 상대의 마음, 아이의 마음을 상상할 수 있을 테니까.

양수현

육아 바통터치
Hey, your turn

태어나 하루도 쉬지 않고
성장하는 아이를 보며
우리도 자극을 받았다

"원래 남편손현에게 육아휴직 계획이 있었어요?"

요즘 자주 듣는 질문이다. 나와 남편은 2021년 4월 송이라는 아이를 낳았다. 엄마인 나는 출산휴가에 이어 육아휴직에 들어갔다. 법적으로 가장 길게 쓸 수 있는 1년을. 한창 커리어를 이어가던 내가 1년이나 육아휴직을 낸 건, 출산 후 변한 내 몸에게 충분히 회복할 수 있는 시간을 주고 싶었고, 하루가 다르게 성장하는 아이의 변화를 빠짐없이 보고 싶었기 때문이다. 그렇게 1년 3개월의 휴직을 끝내고, 남편이 육아휴직 바통을 넘겨받았다.

질문에 답을 하기 위해 남편이 육아휴직을 결심한 순간을 기억해보려고 하는데 딱히 기억나지 않는 걸 보니, 나도 남편도 당연하게 생각했던 것 같다. 출산을 하고도 나의 커리어를 이어가려면 누군가의 도움 없이는 불가능하다는 것을, 이제는 각자의 커리어가 아니라 가족이라는 팀 단위로 각자 그때그때 필요한 일을 해야만 한다는 사실을 우리는 충분히 알고 있었으니까. 대단한 결심보다는 순리를 따르듯 육아휴직 바통터치를 했다.

출산이 여성의 커리어를 위협한다는 사실은 다른 가족에게도 현실이겠지만, 여성이든 남성이든 육아휴직을 못 하거나 꺼려지는 이유가 있다. 경제적인 이유, 커리어의 타이밍과 욕심, 아무리 법으로 지정된 휴직이어도 소속된 집단에서 이해받지 못하는 분위기, 육아보다는 일이 적성에 더 맞을 때, 그 밖에도 개개인의 타당한 이유가 있을 거라 생각한다.

순리를 따르듯 자연스럽게 받아들였다고 말했지만, 우리도 여러 어려움과 맞바꾼 선택이었다. 남편은 휴직 전에 세 가족의 생활비를 위한 마이너스 통장을 만들었고, 다시 제자리로 돌아갈 수 있을지 모르는 불안함 같은 여러 리스크를 안고 휴직을 시작했다.

남편이 육아휴직을 한 초기에는 싸움이 잦았다. 육아 인수인계가 제대로 되지 않은 채 나는 일터로 가고, 남편은 집으로 돌아와서 처음 하는 업무에 버벅거리며 실수하기 일쑤였다. 분유가 떨어진 줄도 모르고 있다가 부랴부랴 분유를 사 오고, '떡뻥'(쌀과자)이 어디 있는지 몰라 우는 아이를 달래는 데 애를 먹고, 그나마 남편이 편하게 할 수 있는 요리인 오믈렛과 미역국으로 세 가족이 삼시 세끼를 번갈아가며 먹었다. 남편은 경력자에서 한순간 다른 직무의 신입이 되는 경험을 했다.

내가 아는 걸 남편이 모를 때 화가 났다. 당신은 왜 (떡뻥이 어디 있는지) 모르는 거야! 아이에게 화를 낼 수는 없으니 서로를 향해 화를 냈다.

"내가 휴직할 때에는 밥도 세 시간에 한 번씩 줘야 했다고! 너무 어려서 밖에도 못 나가고 집에서 얼마나 답답했는지 알아?"

내가 쏘아붙이면, 남편도 질세라 이렇게 쏘아붙였다.

"요즘 송이는 그때랑 다르게 자아가 생겨서 어려워! 나도 어렵다고!"

네가 힘드네, 내가 힘드네, 의미도 승자도 없는 싸움은 계속되었다.

어느 날, 남편에게 휴가를 주고 오랜만에 송이와 집에 있는데 남편의 말이 맞았다. 내가 아는 송이가 맞나 싶을 정도로 본인의 의사를 명확하게 표현하고, 원치 않으면 부모가 짜놓은 계획에 결코 맞춰주지 않는 송이였다. 요즘 송이는 만만치 않구나. 그제야 남편의 노고가 눈에 보이기 시작했다. 같은 아이지만, 동시에 다른 아이였고, 우리 둘 다 지금의 송이는 처음이었다. 한 아이의 성장 시기에 따른 고충을 각자 다르게 겪고 있으니, 지금 상대가 얼마나 힘든지 속속들이 알기 힘들었다.

슬그머니 어린이집 이야기를 꺼내는 남편과 달리 나와 두 할머니 모두 처음에는 (부모 모두 12개월씩 육아휴직을 하니) 24개월이 지나고 어린이집에 보냈으면 좋겠다고 생각했다. 어린이집 보낼 거면 휴직을 왜 했어? 괘씸하다고 생각했다. 그랬던 내가 18개월 송이의 똑 부러지는 자아를 보니 마음이 바뀌었다. 송이는 이제 사회생활 좀 해도 되겠다고. 그렇게 송이를 가장 애지중지 아끼는 할머니들의 동의까지 얻고 송이는 예정보다 일찍 어린이집을 다니기 시작했다.

내가 육아휴직을 할 때에는 우리 부모님께서 일주일에 한 번 송이를 봐주셨다. 그 귀한 시간마다 '양수현 로그인'이라는 시간을 보냈다. 남편이 육아휴직을 하고는 본격적으로 일주일에 5일 나에게 로그인하는 시간을 보냈다. 그 시간을 통해 퇴사할 용기가 생겼고, 아이의 이름을 딴 사업자를 내며 하고 싶은 일을 하고 있다. 아이를 낳고 제자리로 돌아가지 못할까 두려워하던 내가 스스로를 더 나은 곳으로 데려다 놓았다. 가족들의 든든한 지지와 배려 덕분이다.

육아 바통터치가 아름답고 이상적으로 보일 수 있지만, 남편이 육아휴직을 했다고 모든 문제가 해결되는 건 아니다. 아무리 믿음직스러운 주 양육자가 있다고 해도, 부모는 죽기 전까지 자유로울 수 없다는 걸 깨달았다. 일을 하다가도 송이가 열이 오르면 모든 것을 중단한 채 집으로 돌아와야 했고, 내 인생 그 어떤 일보다 송이가 1순위가 되었다. 게다가 내가 육아휴직을 했을 때 남편이 퇴근하고 육아에 참여했던 만큼 도움이 되기도 어려웠다. 파김치가 되어 집에 돌아오면 꼼짝도 하기 싫었다. 어린이집 원비를 내야 하는지도 모르고 세 달이 지나 원비를 냈다. 나의 못난 모습을 예전보다(출산 전보다) 자주 마주하게 되었다. 다 포기하고 싶은 순간이 잊을 만하면 찾아왔다. 하지만 육아에는 방학도 주말도 없었다.

내내 직장인이었던 내가 사업을 시작하니 모든 것이 서툴렀다. 서툰 만큼 시간은 더 많이 들었고, 야근을 할 때면 '무슨 부귀영화를 누린다고 생때같은 자식을 놔두고 이 밤에 뭘 하고 있는 거지?' 하는 생각이 문득 들었다. 출근할 때 아이와 눈이 마주치면 이상한 죄책감이 들었다. '일을 하는 게 뭐 어때서?'라며 아이에게 떳떳하려고 노력하지만 이상한 감정이 마음을 힘들게 할 때가 있다. 그 감정은 사업의 결과가 좋을 때에는 잘 숨어 있다가, 좋지 않을 때면 툭툭 튀어나왔고, 이대로 가다가는 나도 남편도 송이도 다 죽을 것 같아 인생 처음 정신의학과 진료를 예약했다.

유명한 병원인지, 나같이 아픈 현대인들이 많은 건지 예약 후 한 달이 지나 첫 진료를 받았다.

"남편에게 소견서를 하나 써드릴게요."

진료가 끝나고 의사 선생님은 소견서를 써주었다. 나의 남편 현에게. 봉투 안에 어떤 말이 써 있을지 궁금했지만 가슴에 폭 감싸고 집으로 갔다.

"선생님이 이거 당신한테 주래."

아이가 잠들고 조용한 거실에 마주 앉아 소견서를 건넸다. 남편은 놀란 눈으로 받아 들더니 담담한 목소리로 읽기 시작했다. 소견서인지 편지인지 모를 글을 읽으며 나와 남편은 눈물을 흘렸다. 글이 다 끝나고 오랜만에 긴 포옹을 했다. 따뜻했다.

소견서에는 이런 내용이 담겨 있었다.

상기자는 출산 19개월, 사업 시작 후 7개월 정도 흘렀고 최근 심리적 부담은 커지고 자기 확신은 약해져서 내원하였습니다. 이런 심리적 변화로 인해서 감정적으로 우울해지고 불안해질 때가 있었다고 합니다. 사업 성과에 대해서도 양육 이상의 가치가 성과로 돌아오기를 기대하는데, 이에 대한 부담도 크게 느끼고 있습니다. 다행히 병리적인 우울 및 불안 증상은 관찰되지 않고 있으나 주관적인 고통은 크게 느끼고 있습니다. 현재 정신과적인 치료는 필요하지 않은 상황이라고 판단되지만 심리적 부담과 고통을 덜어주기 위한 노력은 필요할 것으로 사료됩니다. 가족 및 배우자가 이러한 심리를 이해하고 적극적으로 소통하시는 것이 많은 도움이 되리라 판단됩니다.

그날 밤을 계기로 우리는 좀 더 자세히 하루를 나눈다. 24시간 내내 붙어 있을 수 없으니 서로 눈에 안 보이는 시간 동안 어떤 일이 있었는지, 어떤 감정을 가지고 하루를 보냈는지 이야기 나누며 하루를 마무리한다. 이야기를 하다 보면 나만 힘들었던 게 아니구나, 묘한 위로가 된다. '썬데이 파더스 클럽'도 우리에게 많은 도움을 준다. 레터가 발행되기 전 가장 먼저 독자가 되어 남편의 생각을 읽게 되는데 레터를 읽다 보면 연민의 감정이 몽글몽글 올라오면서 애틋해진다. 당신이 송이와 함께하는 동안 이런 생각을 했구나, 오늘도 많이 힘들었겠구나. 안쓰러움도 사랑이 아닐까. 송이가 태어나기 전에는 경험해보지 못했던 사랑이다.

살다 보면 종종 서로가 서로의 보호자라는 것을 깨달을 때가 있다. 평소에는 잊고 살다가 누군가가 잠시 약해지면 깨닫는다.

'아! 지금 나는 이 소중한 사람을 지켜야 하는구나.'

나와 남편, 송이는 번갈아가며 작아지고 커지면서 서로의 보호자가 되어주고 있다.

점보다 작던 송이가 이제는 내 상처를 작은 손으로 가리키며 "호~" 해주는 사람이 되었다. 나와 남편은 번갈아가며 송이의 주 양육자가 되었지만, 실은 송이가 우리를 성장하게 했다. 태어나 하루도 쉬지 않고 성장하는 송이를 보며 우리도 자극을 받았다. 멋진 자식에게 어울리는 부모가 되기 위해 앞으로도 부단히 노력해야 한다. 송이가 어제는 몰랐던 단어를 말할 때 미세하게 여무는 눈빛을 목격할 수 있었던 건 그 무엇과도 바꿀 수 없는 큰 축복이었다. 그 시간을 스스로에게 선물한 우리를 칭찬한다. 오늘도 우리는 봤다. 눈부시게 멋진 송이를.

신혼일 때 가장 많이 듣던 질문은 "결혼하면 좋아요?"였고 그다음 송이가 태어나고는 "아이 낳으면 좋아요?"였다. 긴 글을 끝으로 이제 솔직하게 대답해보겠다.

"상대가 나를 사랑하고, 나도 상대를 사랑한다면, 무엇보다 그 사람이 엉덩이가 가볍다면 둘 다 해보는 것도 나쁘지 않아요."

육아하는 엄마,
추억을 만드는
아빠

엄마와 아빠는 반반씩 둘이 합쳐

아이의 전부가 되고,

그 아이가 엄마 아빠의 전부가 된다

"어이구 이 집은 아들만 셋이여? 엄마가 고생하네."

우리 가족이 외출만 하면 매번 처음 뵙는 어르신들께 듣는 말이다. 에너지 넘치는 아들 셋에 끌려다니는 모습은 누가 봐도 엄마가 고생할 것 같은 모양새인지라 그 말씀들이 힘내라는 뜻으로 들려서 감사하지만, 이따금 옆에 있는 남편 박정우 생각에 미안하기도 하다. "아니에요, 걱정해주셔서 감사합니다"라고 대답하면서 마음속으로는 '네, 보시다시피 힘들어요. 엄청' 하고 답하기도 하고 '아빠도 힘들다고요' 하는 생각이 대신 들기도 한다.

얼마 전 거실에서 아이들의 웃음소리가 들려 무슨 일인가 하고 나가 보니 남편이 텔레비전에 핸드폰을 연결해서 저장된 여행 사진과 동영상 들을 함께 보고 있었다. 안 그래도 귀여운 아이들의 더 앳된 얼굴을 보고 있자니 옛날 생각도 나고 이런저런 추억들이 새록새록 떠올라 참 좋았다. 남편 핸드폰에 저장된 사진들이라 아빠와 함께한 사진이 많은 건 당연하겠지만, 그럼에도 아이들이 아빠와 함께 넷이서 여행을 참 많이도 다녔구나, 하는 생각이 들었다. 주말이면 남편은 주중 내내 육아로 지쳤을 나를 위해 종종 아이들을 데리고 1박 2일 내지는 2박 3일로 이곳저곳 여행을 다녀오곤 한다. 본인도 회사 일로 지치고 힘들었을 텐데… 주중에는 밤까지 학원 셔틀에 주말에는 키즈카페, 마트, 아니면 또 학원으로만 다니는 아이들도 분명히 있을 텐데 우리 아이들은 아빠와 전국의 흙먼지, 바닷바람을 맞으며 각종 체험을 하고 정말 온몸으로 인생을 배우고 있구나 싶어 뿌듯했다.

친정과 시댁이 모두 멀리 있어서 주중, 주말, 공휴일, 낮과 밤의 육아는 온전히 우리 부부의 몫인지라 둘 중 한 명이라도 아프면 집은 비상이다. 끝없는 육아와 항상 밀려 있는 집안일에 그나마 위로가 되는 것은 서로의 존재밖에 없을 때도 있다. 그래서 살림, 육아 담당인 나는 생활 육아만으로도 항상 지쳐 있는 상태다. 우리 집 아이들은 실내에서 책을 읽거나 그림을 그리는 활동도 좋아하지만, 그보다는 시원한 바람을 맞으며 달리는 것을 더 좋아하고, 신나고 색다른 모험을 즐긴다. 매일 이 넘치는 에너지를 분출해주어야 하는데, 그걸 모두 받아주기가 벅찰 때가 많다. 이때부터는 아빠의 활약이 펼쳐진다. 밥 먹고 바로 따뜻한 침대에 눕는 걸 제일 행복해하는 남편이 아이들과 산으로, 강으로, 바다로 여행 다니는 모습을 보면 고마움에 가슴 찡하고 내 아들도 아닌데 대견하기까지 하다.(허허)

얼마 전부터는 아이들이 잠들기 전 로알드 달의 책을 읽어주기 시작했다. 예전부터 남편이 좋아하는 작가라고 한다. 그 전까지 아이들 재우는 건 내 일이었는데, 아이들이 잠드는 순간까지 육아에서 벗어나지 못하는 내가 버거워 보였는지, 아니면 아빠가 아이들에게 또 다른 추억을 남겨주고 싶어서인지 모르지만 나는 아무래도 좋다.

가만히 보면 남편은 자신이 즐거운 육아, 그러니까 아빠인 본인도 재밌고 아이들도 재밌는 활동들을 하나씩 늘려가는 것 같다. 일단 본인이 즐거우니 그것이 시너지가 되어 덩달아 아이들도 더욱 즐거워하는 것 같아 보인다. 나는 하루를 마치면 지친 나머지 침대에 기어서 들어가는데 남편은 피곤하지만 즐거웠다고 말한다. 아들 셋의 육아가 버겁기만 한 나는 남편의 이런 점이 부럽기도 하다. 앞으로도 부디 아빠와 아이들이 함께하는 활동들을 많이 늘려가길 응원해주고 싶다.

집에서 생활 예절, 몸에 배면 좋을 작은 습관들을 알려주는 엄마와 밖에서 아이들과 함께 오래오래 남을 즐거운 추억을 만드는 아빠는 분명 아이들에게 다 필요한 존재다. 어느 누구의 역할이 더 중하다고 할 수 없다. 결혼하고, 아이를 낳아 육아를 하게 되면서 엄마와 아빠는 반반씩 둘이 합쳐 아이의 전부가 되고, 그 아이가 엄마 아빠의 전부가 되어서 이렇게 함께 가족으로 살아가는 모습이 아름답고 자랑스럽다.

각종 육아 콘텐츠들이 쏟아지는 요즘이지만, 아빠와 아이가 함께 커가는 이들의 소소하고 따뜻한 모습을 보여주는 '썬데이 파더스 클럽'이 있다는 게 정말 감사하고 반갑다. 언젠가 아이들이 커서 '썬데이 파더스 클럽' 아버지들의 글을 읽으며 어떤 표정을 지을지 벌써 기대된다.

에필로그

썬데이 파더스 클럽은 시작부터 남달랐다. 다섯 아빠가 모여 육아 일기를 쓰겠다고 했을 뿐인데 주변 반응이 뜨거웠다. 참고로 나는 다섯 아빠 중에서 유일하게 글 쓰고 콘텐츠 만드는 일이 본업이다. 그동안 다양한 영역에서 글을 써왔는데 이렇게 불특정 다수의 사람들이 주목한 적은 없었다.

첫 번째 뉴스레터는 2022년 2월 6일 일요일 밤 9시에 보냈다. 첫 레터를 보내기 전에 이미 몇몇 출판사에서 출간 제안이 들어왔다. 몇 달 뒤에는 주요 일간지에서 인터뷰를 요청했다. 지상파 방송국에서도 연락이 왔다. 저출생을 주제로 3부작 다큐를 준비 중인데 썬데이 파더스 클럽의 이야기를 담고 싶다고 했다. 아무 일이 벌어지지 않는 것보다야 반갑지만, 이 상황도 뭔가 이상하다고 느꼈다.

같은 해 4월의 마지막 일요일 오후, 그동안 화상회의로만 만나던 아빠들이 처음 오프라인으로 모였다. 한창 아이들과 시간을 보내야 할 때에 나올 수 있었던 건 매체 인터뷰라는 명분 때문이었다.

"아빠가 육아일기 쓰는 게 뉴스에 날 일인가?"

그날 심규성은 쓴웃음을 지으며 배우자의 말을 전했다. 모두 어색하게 웃으며 고개를 끄덕였다. 솔직히 말하면 우리는 이 정도로 사회의 주목을 받을 거라고 예상하지 못했다. 누구에게나 돌봄과 양육이 처음이라서, 새로운 역할과 친숙해지고 책임감을 가지고 잘하고 싶어서, 소외감에서 벗어나고 싶어서, 서툰 사람끼리 도움을 주고받자는 생각에서 출발한 프로젝트에 가깝다.

하지만 썬데이 파더스 클럽이란 이름으로 1년을 넘게 지내보니 이제는 그 이유를 안다. 지금의 한국 사회가 기록적인 저출생 시대이고, 양육자 중에서도 아빠가 얼마나 소수인지. 무엇보다 인류가 탄생하고 진화하는 동안, 늘 공기처럼 있었지만 제대로 주목받지 못했던 절대 다수인 엄마와 여성이란 존재가 얼마나 소외되어 있었는지. 그나마 긍정적 사실은 어떤 방식으로든 누군가를 돌보는 사람에 대한 관심이 늘고 있다는 점이다. 돌봄과 작업을 병행하는 사람에 관한 이야기가 다양한 형식의 콘텐츠로 발행되는 것도 반갑다.

하여, 조심스레 아빠들의 마음과 목소리를 담은 기록을 덧붙인다. 많은 염려와 걱정에도 불구하고 용기 내어 이 책의 출간을 결정한 이유이기도 하다. 특히 아이를 낳고 키우는 일(이것도 분명 큰일이다)과 커리어, 그 사이의 답답함에서 고민하는 사람, 출산과 육아로 인해 좋아하는 일을 포기할 수밖에 없는 상황에 처한 사람, 돌봄과 더불어 다시 일을 시작하며 균형을 잡고자 애쓰는 사람에게 이 책이 현실적인 위로가 되면 좋겠다. 하나의 인격체를 돌보고 성장시키는 일에 정답은 없다. 그게 어쩌면 이 책의 한계다. 다만, 각자의 해답을 찾고자 고군분투하는 우리의 솔직한 경험을 전하려고 했다.

저자들의 두서없는 글을 탄탄하게 다듬어준 김미라 편집자는 언젠가 우리와 주고받은 메일에서 김승섭 교수가 옮긴 책 『장애의 역사』(킴 닐슨 지음, 동아시아 2022)의 한 부분을 인용했다.

그러나 민주주의의 본래 모습이 그러하듯, 우리 모두는 타인에게 의존하며 살아간다. 우리 모두는 다른 사람들을 보살피고 또 보살핌을 받는다. (중략) 우리는 상호의존하는 존재다. 역사학자인 린다 커버가 개인주의라는 미국적 이상의 성차별적 요소를 지적하며 말했듯이, "외톨이 개인이라는 신화는 비유이고, 수사적인 도구다. 실제 삶에서 스스로 만들어진 사람은 아무도 없으며, 온전히 혼자인 사람도 거의 존재하지 않는다." 실제로 의존은 나쁜 것이 아니다. 의존은 모든 인간의 삶 한가운데 존재한다. 의존이 공동체와 민주주의를 만든다.

그는 이 말을 육아에 대입해도 좋겠다고 덧붙였다. 진심으로 동의

한다. 우리 모두 예외 없이 어린 시절을 거치며 상호의존적인 존재로 자랐다. 그래서 이 책은 육아일기를 가장한 아빠들의 성장일기이기도 하다. 아이 덕분에 지금까지와는 다른 방식으로 세상과 나의 관계, 배우자와 나의 슬기로운 관계를 생각하는 연습을 수시로 하게 됐다.

건강한 사회일수록 가족의 구성과 모습이 다양하다. 삶의 다양한 방식을 있는 그대로 존중하기 때문이다. 아이가 있든 없든, 돌봄을 제공하든 받든, 서로 배려하며 냉소 대신 연민을, 옹졸함 대신 너그러움을 조금씩 더 챙기는 사회에서 미래세대가 살아가기를 바란다.

마지막으로 썬데이 파더스 클럽의 아빠들에게 다시 물었다. 지난 1년여 동안 아이와 더불어 세상에 의존하면서 스스로 어떤 변화가 있었는지 궁금했다. 그게 이 프로젝트의 작은 시작이었으니까. 서면으로 받은 답을 재구성했다. 우리의 초심으로 이 책을 마친다.

2023년 봄날에,

썬데이 파더스 클럽을 대표하여

손현

썬데이 파더스
인터뷰

다섯 명의 관점에서
경험한 육아 이야기

혁진　이서는 걷기 시작하고 말도 하기 시작했다. 지난 3월부터 어린이집을 다니기 시작했고, 물려 입은 옷들은 대부분 못 입을 만큼 훌쩍 커버렸다. 아이에게 큰 변화란 늘 일어나는 일상이 아닐까 싶다.

규성　첫 레터를 보낼 즈음 18개월이던 아이는 어느덧 32개월이 됐다. 혼자서 밥을 잘 못 먹던 이현은 가끔씩 젓가락질을 하며 스스로 '면치기'도 한다. 어린이집 학급도 1단계 노랑씨앗반에서 2단계 분홍잎새반으로 올랐다. 기저귀를 슬슬 떼야 하는데 너무 편하게 입고 다녀서 고민이다.

정민　첫째 수현이 친구들과 어울려 놀기 시작했다. 친구끼리 무리 지어 배드민턴을 치고 게임을 하고 편의점에 가서 라면도 먹는다. 초등학교 고학년에 접어들어서인지 부모에게서 벗어나 자신만의 공간을 만들어가고 있다고 느낀다. 둘째 주은은 책상에 아이브 사진을 붙여놓고 틈날 때마다 유튜브 영상을 보며 뉴진스 안무 동작을 따라 하고 있다. 1년 전에는 생각도 못 하던, 그리고 그맘때의 첫째를 키울 때도 겪어보지 못한 일이다. 몇 번이고 반복하며 춤을 배우는 걸 보며 대단하다고 생각 중이다.

정우　첫째에 이어 둘째까지 초등학교를 같이 다니면서 조금 더 안정된 느낌이다. 육체적으로 힘들었던 시기가 조금씩 지나가고 있는 것 같다.

스스로 변한 게 있다면?

혁진　육아 레터를 쓰면서 육아에 소홀하지 않은지 더 자주 되돌아보게 됐다. '내가 더 해야 하는 게 있나?' '놓치고 있는 건 없나?' 수시로 자문한다. 그래도 늘 부족한 게 아빠의 육아 아닐까.

규성　메모하는 습관이 생겼다. 다음 레터에 쓸 소재를 모으기 위한 몸부림이다. 예전에는 한 달에 한 번 할까 말까 했던 메모를 요즘은 거의 매일 한다. 아이 등원 후 어린이집 생각, 아이 아플 때 소아청소년과 생각, 아이를 재운 뒤 적정 수면 시간에 대한 생각 등 답은 없고 문제와 질문만 있는 생각이 대부분이다. 아내가 가끔 핀잔줄 때도 있다. 아이를 생각하는 것만큼 본인도 생각해달라고.

정민　육아 경력 10년이 겨우 지나고 있는데, 이제는 학부모로서의 10년이 기다리고 있다. 10년 동안 야구를 했는데 갑자기 종목이 테니스로 바뀐 느낌이랄까. 썬데이 파더스 클럽 덕분에 '그래도 뭐 어찌 되겠지'라고 긍정적으로 생각해본다. 그동안 다섯 명의 관점에서 좀 더 객관적으로 육아를 바라봐서 그런 것 같다. 학부모도 처음이지만, 영유아기도 잘 넘겼으니 무사히 헤쳐나갈 수 있지 않을까 싶은 '근자감'이 든다.

그리고 예전보다 정교하게 시간을 관리하고 있다. 가령 수요일은 무조건 첫째 수현과 함께하는 날이다. 외부 약속을 잡지 않고, 퇴근 후 온전히 수현에게 집중한다. 아이가 초등학교 4학년이 되니 학업에 대한 부담이 내게도 커졌다(드디어 가정통신문에 교과성적이 등장하기 시작했다).

정우 은연중에 아이들이 어느 정도 컸다고 생각해 예전만큼의 관심을 쏟지 못했다. 레터를 쓰면서 지난 시간을 복기하는 일이 배우자와 아이들, 그리고 스스로에 대한 자세를 가다듬는 데 도움이 된다.

글은 주로 언제 썼나?

혁진 보통 내 차례가 돌아오는 주말에 썼다. 미리 써두면 편하겠지만, 시의성도 있어야 하니 몇 주 전에 미리 쓰는 건 지양한다. 대신 어떤 이야기를 쓸지 미리 생각해두는 편이다.

규성 발송 이틀 전 금요일까지 주제와 소재를 끌어모았다. 글은 토요일 밤 육퇴 후(아이를 재운 뒤) 밤 11시부터 몰아서 썼다. 벼락치기를 하느라 다음 날 해가 뜰 때까지 글을 붙잡고 있던 적도 많다.

주말에 예정된 일정이 있으면 평일에 반차 내고 쓸 때도 있었고, 육아 휴직 중에는 아이가 차에서 잠든 틈을 타 운전대 앞에서 노트북을 열고 썼던 적도 있다. 아내와 함께하는 시간에는 최대한 글 쓰는 티를 내지 않기 위해 노력한다.

정민 딱히 정해놓고 쓰진 않았지만, 마감에 대한 심적 부담이 커서 웬만하면 발행 전 목요일 저녁까지 쓰려고 노력했다. 보통 10시쯤 아이들을 재우고 쓰기 시작해 자정 즈음까지 컴퓨터로 쓰고, 아침에 일어나 휴대폰으로 다시 보며 입말로 문장을 다듬었다.

정우 글감은 수시로 휴대폰에 메모했지만 정작 마음을 먹고 자리에 앉아 레터를 쓴 건 마감 직전이다. 미루고 미루다 마지막에 가서야 부랴부랴 처리하는 성격이 나이가 들어도 변하지 않는다. 주로 아이들이 잠든 야심한 밤에 쓰다 보니 내 글에서 감성적인 경향이 보인다.

인상 깊은 독자 피드백을 소개해달라.

혁진 무리한 투자로 인한 손실로 5개월이 막 지난 어린아이를 어린이집에 맡기고 어쩔 수 없이 다시 일하러 나가야 했다는, 아마도 엄마로 추정되는 분의 사연이 기억에 남았다. 사연 공개에 동의해주셨지만 안쓰러운 마음에 차마 공개하지 못했다.

규성　육아휴직과 복직, 노키즈존에 대해 썼을 때 가장 피드백이 많았다. 첫 레터에서 육아휴직 경험을 풀었는데, 아이를 돌보는 아내에게 "밥 좀 같이 챙겨 먹어"라고 잔소리했던 부분이 후회된다고 적었다. 그때 남일 같지 않다고 고백한 아빠들이 많았다. 오은영 박사의 『어떻게 말해줘야 할까』처럼 나를 포함해 아내에게 말을 잘하지 못하는 남편을 위한 말하기 가이드북도 하나 나오면 잘될 것 같다.

정민　게임에 대한 글을 썼을 때 받은 피드백이 기억에 남는다. 가능하면 내가 본 마인크래프트 속 세계를 생생하게 설명하고자 했는데, 그 노력이 누군가에게 가닿기는 했구나 싶었다.

정우　이사를 하고 한참 뒤, 전에 살던 신혼집 아파트 단지를 아내와 함께 찾아간 글에 많은 피드백을 받았다. 너무 개인적인 내용이라 독자들이 공감할까 의문이었는데, 독자들도 본인의 신혼집과 그 시절 이야기를 많이 들려주셨다. 가장 개인적인 이야기가 가장 보편적인 이야기가 될 수 있겠다고 느꼈다.

아빠로서 육아휴직 전후로 어떤 변화가 생겼는지 궁금하다.

규성　휴직 전에는 잘 몰라서, 또는 잘하지 못해 주저했던 부분이 많았는데 풀타임 육아를 6개월 해보니 모든 영역에서 자신감이 생겼다. 외출할 때나 매주 월요일 어린이집에 갈 때 아이 짐은 아내 도움 없이 직접 싼다. 한편으로는 아내가 너무 편해진 거 아닌가란 생각을 가끔 하는데, 전체 집안일에서 내가 차지하는 비중을 고려하면 적어도 육아만큼은 내가 7, 아내가 3 정도 맡는 게 균형인 것 같다.

육아뿐 아니라 공개된 곳에 정기적으로 글을 쓰는 경험도 처음이라 쉽지 않았을 것 같다.

규성 정기적으로 쓰는 건 물론이고, 공개적인 글쓰기 자체가 거의 처음이었다. 잘 써야 한다는 압박감 때문에 걱정도 컸다. 그럼에도 수락한 이유는 두 가지였다. 첫째, 나 혼자 쓰는 게 아니라서. 혼자 썼다면 1년이 채 되기 전에 포기했을 거다. 둘째, 글쓰기 기술은 부족하겠지만 쓸 말은 많을 것 같아서다. 이는 평소 '프로불편러'인 내 성격에서 기인한다. 육아휴직 동안 메모장에 적은 내용들을 보면 온통 한국의 육아 현실에 대한 불만으로 가득하다. 노키즈존을 다룬 레터처럼 불만에서 시작한 글은 최대한 사실관계를 확인하고 의도치 않게 상처받는 독자들이 있지는 않을지 눈치도 봤다. 나만 아는 일기처럼 쓰면 누군가 공감하지 못하거나 불편할 수도 있으니 객관과 주관 사이에서 균형을 맞추려고 애쓰고 있다.

『아들로 산다는 건 아빠로 산다는 건』에 이어 육아를 소재로 한 두 번째 책이다. 공동 저자 중 육아 경력이 가장 많기도 하다. 아직 두 돌도 되지 않은 아이들의 육아에 쩔쩔매는 아빠들의 글을 읽으면서 어땠을지 궁금하다.

정민 잊고 있던 아이들의 유아기 시절과 내가 이미 통과한 과거를 다른 멤버의 글을 통해 불러올 수 있어서 좋았다. 아이가 이유식을 먹지 않겠다고 투정했을 때, 밖에서 똥을 쌌을 때, 노키즈존에서 출입을 거부당했을 때 등 대부분 그때는 당황스러웠지만 지나고 나니 미화된 기억들이기도 하다. 좀 더 시간이 지나면 이런 에피소드들이 아예 잊히는 것도 문제이고(가끔 휴대폰에서 아이들의 더 어릴 적 사진을 띄워주면 요즘도 깜짝깜짝 놀란다). 동시에 나의 글이 다른 이들이 곧 경험할 가까운 미래인가 싶은 호기심도 든다. 이현, 송이, 이서도 훌쩍 자라 곧 라면을 끓이고 게임에 빠지고 학원에 가고 그럴 거다.

둘째 주은과의 사이는 어떤가?

정민 같은 엄마 배 속에서 나왔는데 첫째랑 어쩜 이렇게 다른지, 매일 새로운 세상을 경험 중이다. 사이가 매우 좋다고는 말 못 하겠다. 돌이켜보면 첫째도 일곱 살이 될 무렵, 반항기(?)였던 것 같아 이러다 또 나아질 거라 생각한다. 지난주에는 단둘이 월드컵공원에 있는 제법 큰 놀이터에서 두세 시간을 함께 놀았다. 투덕거릴 때야 많지만, 모처럼 봄햇살을 받으며 놀다가 꽁냥꽁냥 어묵과 소떡소떡을 사 먹다 보니 잠깐이나마 좋았다.

정우 가끔, 아니 자주, 둘째가 생겼을 때 아내가 아니라 내가 일을 그만뒀어야 하지 않았을까 생각한다. 아내는 나보다 커리어와 성취에 욕심이 많고 가능성도 무궁무진하기 때문이다. 지금은 서로의 취향과 성격을 잘 알게 되어 그때 어려운 결정을 한 아내에게 더 미안하고 고맙다. 아이들이 어느 정도 크면 아내를 전적으로 지원하고 싶다.

혁진 처음 제안했던 현과 정민은 이미 출간 경험이 있으니, 책으로 엮는 정도는 할 수 있겠다고 생각했다. 하지만 중앙일보, GQ코리아, 스타일러(여성월간), EBS 다큐프라임, MBC 뉴스데스크 등 주요 미디어에서 관심을 갖고 소개해주는 일 등은 전혀 예상하지 못했다. 덕분에 우리도 이 사회 현상의 한가운데 있음을 알았다.

혁진 작은 천사는 종종 아프고 자주 웃는다. 아파도, 웃어도 늘

천사 같다. 무엇보다 열심히 자라고 있는 게 말과 행동에서 느껴진다. 레터를 쓰면서 이서와 내가 성장하는 순간들을 기록할 수 있어서 좋다.

썬데이 파더스 클럽

초판 1쇄 발행 2023년 5월 1일

지은이 강혁진 박정우 배정민 손현 심규성
펴낸이 강일우
본부장 윤동희
책임편집 김미라 배영하
디자인 김소진
마케팅 윤지원 김은조 김연영

펴낸곳 ㈜미디어창비
등록 2009년 5월 14일
주소 04004 서울 마포구 월드컵로12길 7 창비서교빌딩
전화 02) 6949-0966 **팩시밀리** 0505-995-4000
홈페이지 books.mediachangbi.com
전자우편 mcb@changbi.com